Royale tentation

JENNIFER FAYE

Royale tentation

Traduction française de
ELISABETH MARZIN

AZUR

HARLEQUIN

Collection : Azur

Titre original :
PRINCESS'S FORBIDDEN HOLIDAY FLING

HARPERCOLLINS FRANCE
83-85, boulevard Vincent-Auriol, 75646 PARIS CEDEX 13
Service Clients — www.harlequin.fr
ISBN 978-2-2805-1313-5 — ISSN 0993-4448

Édité par HarperCollins France.
Composition et mise en pages Nord Compo.
Imprimé en février 2025 par CPI Black Print (Barcelone)
en utilisant 100% d'électricité renouvelable.
Dépôt légal : mars 2025.

FSC
www.fsc.org
MIXTE
Papier issu de sources responsables
FSC® C159065

Pour limiter l'empreinte environnementale de ses livres, HarperCollins France s'engage à n'utiliser que du papier fabriqué à partir de bois provenant de forêts gérées durablement et de manière responsable.

1

Presque reine...

Ces mots résonnaient dans son esprit.

Son Altesse Royale la princesse héritière de Rydiania contemplait Manhattan depuis un bureau situé au trente-huitième étage d'un gratte-ciel. La neige qui tombait à petits flocons dans le crépuscule estompait les contours de la ligne des toits. Le regard de la princesse Gisella se tourna vers le Rockefeller Center et l'arbre de Noël géant, dont les guirlandes multicolores clignotaient dans le clair-obscur. La scène avait tout d'une carte de Noël. À la mi-décembre il faisait déjà presque nuit à 16 h 54, et les lumières de l'arbre donnaient à la ville un air de fête.

La princesse pensa aux préparatifs en cours au palais à Rydiania et un petit soupir lui échappa. Sa mère, la reine, devait superviser la mise en place de l'arbre de Noël sous la coupole du grand hall. Un arbre majestueux, dont la cime atteindrait le niveau du deuxième étage. De son côté, le roi se tenait sans doute prudemment à l'écart.

Gisella sourit. Son père fuyait toujours l'agitation qui accompagnait la décoration du palais pour les fêtes. Cette année, pour la première fois, son frère et ses sœurs vivaient ailleurs, et elle-même se trouvait en voyage d'affaires à l'étranger. Elle n'avait jamais passé cette période loin de chez elle et, même si elle ne l'avouerait pour rien au monde, elle avait du vague à l'âme. Plus tôt dans l'année, son frère aîné le prince Istvan avait renoncé au trône pour épouser Indigo, la femme de sa vie. Gisella était donc désormais la future reine. Elle avait toujours pensé qu'elle était faite pour ce rôle, mais sans jamais imaginer qu'un jour elle l'assumerait réellement.

Tout s'était enchaîné très vite, depuis le diagnostic de la maladie de Parkinson de son père jusqu'au renoncement au trône de son frère. Elle était encore loin d'avoir terminé la formation qui lui permettrait d'acquérir toutes les compétences nécessaires à l'accomplissement de ses futures fonctions. Passer du rang de deuxième dans l'ordre de succession au trône à celui de princesse héritière n'était pas une situation de tout repos. Non seulement elle avait une foule de choses à apprendre, mais elle était censée se marier. Ce n'était pas obligatoire pour devenir reine, mais ses parents et le Conseil privé de la Couronne estimaient que cela lui donnerait l'image d'une souveraine plus mûre et plus sage. Pour sa part elle n'en était pas persuadée, mais son avis ne comptait pas. La Charte du royaume lui imposait d'épouser un prince royal, et sa mère avait déjà choisi le mari « parfait » pour elle. Le jour de l'an, ses fiançailles avec le prince Matis, membre de la famille régnante d'un petit royaume insulaire de la Méditerranée, seraient annoncées officiellement.

À cette perspective, Gisella eut un pincement au cœur. Elle préféra penser à sa mission. Superviser les préparatifs du gala international d'Abeilles Sans Frontières. Ce voyage était un test officieux, destiné à prouver au roi et au Conseil privé de la Couronne, ainsi qu'au royaume tout entier, qu'elle était à la hauteur de son futur rôle. Il était impératif que tout se passe bien.

— Votre Altesse ?

Gisella se tourna vers sa secrétaire privée, Stephanie, et répliqua par une question :

— M. Cabot est-il arrivé ?

— Eh bien... non, Votre Altesse.

Il était vraiment impératif que tout se passe bien. Or c'était son premier rendez-vous avec M. Cabot et celui-ci n'était pas là !

— Où est-il ?

— Je ne sais pas, Votre Altesse.

— Qu'aviez-vous à me dire ?

— Vous souhaitiez être prévenue dès qu'il y aurait un nouveau post concernant la famille royale.

Le visage de Stephanie était impassible. Ce n'était pas sa secrétaire privée habituelle, mais Gisella avait accordé aux membres de son personnel ayant de jeunes enfants la possibilité de rester à Rydiania pendant les vacances. Stephanie faisait partie du personnel du Bureau de la princesse, et la secrétaire privée en poste l'avait recommandée pour son remplacement temporaire en raison de la qualité de son travail. Pour sa part, Gisella n'avait pas encore d'opinion arrêtée. Stephanie se troublait facilement et elle semblait vivre le nez sur son téléphone, mais elle paraissait efficace. Que disait ce post ? Pourvu qu'il soit positif...

— C'est à propos du gala ?

Stephanie regarda ses pieds.

— D'une certaine manière.

Gisella réprima un soupir. Elle n'aimait pas les réponses évasives. En général elles ne présageaient rien de bon. Après les attaques en règle auxquelles s'était livré un site people avant le mariage de son frère, sa famille méritait au moins quelques commentaires élogieux.

— D'où provient ce post ?

— Il... Il a été publié par *Les Confidences de la Duchesse*.

Les espoirs de Gisella s'évanouirent, mais elle s'appliqua à masquer son inquiétude. Les chances que *Les Confidences de la Duchesse* poste la moindre information positive à propos de sa famille étaient pour ainsi dire nulles. Ce site people très populaire à Rydiania et numéro un autoproclamé des médias spécialistes de la famille royale, publiait des « scoops » à toute heure du jour et de la nuit. Il semblait avoir des sources un peu partout et sa réactivité était impressionnante. À tel point qu'il révélait parfois des informations qui n'avaient même pas encore été transmises à tous les membres de sa famille. À cela, il fallait bien sûr ajouter les rumeurs infondées qu'il n'hésitait pas à colporter. Quand il n'en était pas tout simplement à l'origine... C'était ce site qui avait mené une campagne de dénigrement contre le palais avant le mariage de son frère.

— Comment est-il possible que personne n'ait encore réussi à trouver qui se cache derrière cet horrible site de ragots ?

Ses mensonges et ses indiscrétions avaient failli détruire le mariage de son frère. Quand elle y pensait, elle en avait encore la chair de poule...

— Je ne sais pas quoi vous dire. Les services de sécurité n'ont pas réussi à localiser un bureau physique. Ils n'ont même pas trouvé de numéro de téléphone fixe.

— C'est insensé ! Comment ses sources parviennent-elles à communiquer avec le site s'il change constamment d'emplacement et de numéro de téléphone ?

— Je ne sais pas, Votre Altesse. Y a-t-il autre chose que je puisse faire pour vous ?

Gisella secoua la tête et prit son téléphone. Au moins, pendant quelques instants elle ne penserait plus au retard de M. Cabot... Dès que le site des *Confidences de la Duchesse* s'afficha, le titre du dernier post lui sauta aux yeux.

Bientôt couronnée... ou non ?

Elle serra les dents. Pourquoi ce site s'acharnait-il sur sa famille ? À présent que son frère et ses deux sœurs avaient trouvé le grand amour, c'était apparemment à son tour d'être sur le gril. Le mieux à faire serait de quitter cette page sans lire l'article. Malheureusement, en tant que princesse héritière elle ne pouvait pas s'offrir le luxe de pratiquer la politique de l'autruche. Il fallait qu'elle sache ce qu'on disait d'elle pour pouvoir contrer les attaques.

Cette année, il semble que le palais rydianien soit déserté par les enfants du roi et de la reine en cette période de vacances précédant les fêtes. Même la princesse héritière a décidé de partir à l'étranger.

Bien sûr, officiellement elle se trouve à New York pour le gala d'Abeilles Sans Frontières. Cependant, je ne peux pas m'empêcher de m'interroger. Ce voyage cacherait-il quelque chose ? Après tout, la rumeur court que le roi et elle sont en désaccord. Il semblerait que la princesse soit très obstinée et qu'elle rechigne à suivre les instructions du palais.

Est-ce pour cette raison qu'elle est partie à New York si longtemps avant le début du gala ? Ses chances d'être couronnée seraient-elles menacées ?

Restez fidèles, vous toutes et tous qui aimez tant la famille royale. Je ne manquerai pas de partager avec vous très prochainement les dernières informations la concernant.

La Duchesse

Quel tissu de mensonges ! L'estomac de Gisella se noua. Pourquoi la Duchesse s'escrimait-elle à semer le trouble autour de sa famille ? Pourquoi fallait-il qu'elle invente des problèmes là où il n'y en avait pas ? Serrant les dents, elle remit son téléphone dans son sac, puis elle se leva et fit les cent pas devant la baie vitrée. *Les Confidences de la Duchesse* sapaient tous ses efforts pour gagner la confiance de son royaume. C'était grave. Très grave. Ce gala devait se dérouler sans le moindre incident. Elle devait donner tort à tous ses détracteurs, y compris aux *Confidences de la Duchesse*. Elle était la dirigeante qu'il fallait au royaume. Et elle allait le prouver.

— Puis-je vous apporter quelque chose ?

Gisella se tourna vers l'assistante de M. Cabot, une femme aux cheveux argentés qui lui souriait d'un air contrit.

— Oui, si vous pouviez faire apparaître M. Cabot, je vous en serais très reconnaissante.

Gisella consulta ostensiblement sa montre.

— Il a plus de vingt minutes de retard.

— Il arrive, répliqua Mme Anderson avec un sourire contraint. Il devrait bientôt être là.

— Que signifie exactement « bientôt » ?

— Je... Je l'attends d'un instant à l'autre.

Mme Anderson se dirigea vers la porte, avant de se retourner et d'ajouter :

— Cela ne lui ressemble pas. D'habitude, il est très ponctuel.

Après son départ, Gisella s'assit au bord du fauteuil de cuir noir situé derrière l'imposant bureau en merisier. Elle était tendue et un début de migraine faisait battre le sang à ses tempes. Elle s'efforça de se distraire de ses pensées en promenant son regard autour d'elle. L'élément le plus impressionnant du décor était constitué par la baie vitrée située derrière le bureau et la vue qu'elle offrait sur Manhattan. Deux des murs étaient couverts de photos en noir et blanc de la ville. De très belles photos. Mais ce furent les rayonnages garnis de livres qui retinrent l'attention de Gisella. Elle se releva pour les examiner de plus près. Il était important d'en savoir le plus possible sur quelqu'un avec qui on devait travailler en étroite collaboration. Or, jusqu'à présent, elle ne connaissait de M. Cabot que ce qui était écrit sur son site. Elle l'imaginait amateur de fiction, mais à sa grande surprise la plupart des livres rangés sur les étagères étaient des biographies. *Intrigant*... Il y avait également quelques ouvrages de référence. Sur une étagère inférieure elle finit par trouver des livres de poche. Des romans fantastiques exclusivement. Au dos aussi impeccable que s'ils étaient tout neufs. Soit M. Cabot était un lecteur très soigneux, soit il n'avait jamais ouvert ces livres. *Encore plus intrigant*... Après avoir fait le tour du bureau, Gisella s'installa de nouveau dans le fauteuil de cuir et croisa les jambes. *Où est*-il ? De plus en plus impatiente, elle se mit à pianoter sur le bras du fauteuil. Elle n'avait pas l'habitude qu'on la fasse attendre. Surtout pour un projet aussi important. La voix de Mme Anderson lui parvint depuis la réception.

— Tout va bien ?

— Oui. Je suis désolé d'arriver si tard.

— Monsieur, le spectacle de Noël de ma petite-fille a lieu ce soir et elle joue un elfe.

— Oh ! oui, c'est vrai. Je n'avais pas l'intention de vous retenir. Désolé, Gladys. À demain.

Par la porte ouverte Gisella vit un homme grand, aux cheveux châtains en bataille et à la joue maculée de noir. Et sans manteau malgré la neige. *Étrange*... Son visage semblait marqué par la fatigue, comme s'il avait eu une journée difficile. La veste de son costume anthracite était toute froissée, comme s'il avait dormi avec. Les deux premiers boutons de sa chemise bleue étaient ouverts, et il ne portait pas de cravate. Était-ce son allure habituelle ? Si oui, il y avait de quoi s'inquiéter. En tant que princesse héritière et vu le prix qu'elle payait pour ses services, elle s'attendait à mieux.

Oh ! bien sûr, il était séduisant. Très séduisant, même. Mais elle ne l'avait pas engagé pour sa beauté. Elle l'avait choisi parce qu'il avait la réputation d'être l'organisateur d'événements le plus talentueux de New York. Ils ne s'étaient jamais rencontrés en personne. Ils avaient juste communiqué à quelques reprises par téléphone ou visioconférence pour discuter du gala, lequel accueillerait des dignitaires étrangers, ainsi que des scientifiques. À ces derniers seraient remis des prix accompagnés de subventions, qui leur permettraient de poursuivre leurs recherches pour la préservation et le développement des colonies d'abeilles, non seulement à Rydiania mais aussi dans le monde entier.

M. Cabot entra dans le bureau et s'inclina devant elle.

— Votre Majesté.

Quand il se redressa leurs regards se rencontrèrent, et elle fut frappée par le bleu de ses yeux, aussi clair et pur que le ciel d'une matinée d'été sans nuages. Et pourtant une lueur inquiète semblait y danser… Il cilla, et la lueur disparut comme par enchantement. C'était comme si un mur venait de s'élever entre eux.

— Monsieur Cabot…

— Appelez-moi Silas.

En d'autres circonstances elle prendrait peut-être cette liberté, mais ce rendez-vous n'était pas une rencontre amicale.

— Monsieur Cabot, vous êtes très en retard, déclara-t-elle d'un ton froid. Je suis obligée de m'en aller dans quelques minutes. J'ai un dîner.

— Je vous présente mes excuses pour mon retard.

Après une hésitation, il ajouta :

— Je n'ai absolument rien pu faire pour l'éviter.

Elle attendit des explications, mais il en resta là. En principe il devrait ramper devant elle pour tenter d'arranger les choses, non ? Avait-il eu une urgence ? Ou bien avait-il tout simplement oublié leur rendez-vous ? Cette dernière hypothèse était particulièrement inquiétante… Son regard n'exprimait pas le moindre remords. Le problème c'était qu'elle avait besoin de quelqu'un qui prenne le gala au sérieux.

— Je suis sûre que vous avez une excuse légitime. Cependant, j'ai besoin de quelqu'un qui fasse de ce gala sa priorité.

Il redressa les épaules.

— Il est ma priorité.

— J'ai également besoin de quelqu'un qui soit ponctuel.

— Ce retard ne se reproduira pas, assura-t-il d'un ton ferme.

Elle avait envie de le croire, mais elle n'était pas la seule concernée par cette affaire. Son royaume comptait sur elle. Elle s'apprêtait à mettre son petit pays en vedette à l'occasion d'un événement de portée internationale. La cérémonie de remise des prix serait retransmise en mondovision. Elle ne pouvait pas se permettre de prendre des risques avec quelqu'un qui manquait visiblement de sérieux. Ce retard ne pouvait pas être pris à la légère. S'il n'était pas capable de tenir ses engagements, elle ne pouvait pas travailler avec lui. S'efforçant d'ignorer sa migraine, elle remit son manteau et se tourna vers lui.

— Je ne pense pas que nous pourrons nous entendre. Il vaut mieux que nous mettions un terme à notre arrangement dès maintenant. Mon bureau vous enverra le solde de vos honoraires.

En passant devant lui, elle sentit une odeur de fumée. Qu'est-ce que... ? D'où venait-il donc ? Mais quelle importance ? se dit-elle aussitôt, irritée de sa propre curiosité. Ça ne la regardait pas et ça ne changerait pas sa décision. Au moment où elle s'apprêtait à franchir le seuil du bureau, M. Cabot déclara :

— Le gala est dans moins de deux semaines. À cette période de l'année, vous ne trouverez personne qui soit disponible pour reprendre son organisation au dernier moment. Restez, et nous mènerons le projet à bien.

Elle réprima un soupir. Il n'avait pas tort. Trouver un remplaçant juste avant les fêtes risquait d'être très compliqué.

Cependant, elle était la princesse héritière. Beaucoup de gens ne demandaient qu'à se retrouver sous les projecteurs en sa compagnie. Et il n'était pas question de donner à cet homme l'impression qu'elle était quelqu'un d'indécis. Elle le regarda par-dessus son épaule.

— C'est mon problème. Il faut que j'y aille. Bonsoir.

La mine de M. Cabot s'assombrit. Il était en colère contre elle ? S'il tenait tant que ça à ce contrat, il ne serait pas arrivé en retard. Et, comme il ne lui avait donné aucune explication, elle était obligée d'en déduire qu'il n'avait pas d'excuse valable. Elle gagna la réception, où l'attendaient ses gardes du corps. Elle sentit dans son dos le regard de M. Cabot. Allait-il la suivre jusqu'à l'ascenseur pour l'implorer de lui accorder une seconde chance ? Non. Soit il était très fier, soit il était stupide. Si la deuxième hypothèse était la bonne, ils n'étaient peut-être pas si différents l'un de l'autre...

Des premiers rendez-vous, il en avait eu des plus réussis !

Silas Cabot toussa. La gorge lui brûlait. Et depuis quand la lumière était-elle aussi vive dans son bureau ? Quant à l'impression que quelqu'un jouait de la grosse caisse dans son cerveau, c'était insupportable... Il se massa les tempes et se dirigea vers le fauteuil que la princesse venait de libérer. Il se laissa tomber dedans, accablé. C'était comme s'il portait tout le poids du monde sur les épaules... Son premier rendez-vous avec la princesse avait été un véritable désastre. Si son mal de tête se calmait un peu, il pourrait peut-être réfléchir au moyen de rattraper le coup. Il ouvrit le tiroir de son bureau et en sortit un flacon d'analgésique. Avec deux comprimés au creux de la main, il se leva et alla prendre une bouteille d'eau dans le petit réfrigérateur. Après avoir avalé les comprimés, il retourna s'asseoir à son bureau. Il n'avait pas l'habitude d'être congédié. Au contraire. Les gens se disputaient le privilège de pouvoir bénéficier de ses services. Il n'acceptait que les projets les plus prestigieux.

Si la princesse héritière de Rydiania annulait leur contrat, sa société allait subir un grave préjudice. Dès que l'incident s'ébruiterait, et il s'ébruiterait à coup sûr, sa réputation serait compromise. Toutes les explications qu'il pourrait fournir ne serviraient à rien. Les clients à qui il avait affaire attachaient plus d'importance aux apparences qu'à la vérité. Le pire de tout c'était que la fusion qu'il préparait depuis un an n'aurait plus aucune chance d'aboutir. Il fallait à tout prix éviter un tel fiasco. Il ne pouvait pas laisser une princesse capricieuse détruire toute une vie de travail.

Dire que lorsqu'il avait pris le chemin du bureau, après s'être arrêté chez sa mère, il était très en avance… Il avait demandé à son chauffeur de s'arrêter pour prendre un café. Et c'était à ce moment-là que ça avait dérapé. Il s'efforça de chasser de son esprit ce souvenir éprouvant. La situation lui avait échappé, mais ça ne signifiait pas qu'il ne pouvait pas la redresser. Il était hors de question de renoncer au contrat avec le palais royal de Rydiania. Il allait être obligé de ramper. Ce n'était pas dans ses habitudes et cette perspective le hérissait, mais il n'avait pas le choix.

— Gladys.

Lorsque contre toute attente son assistante n'apparut pas dans l'encadrement de la porte, Silas se souvint qu'elle était partie. Si seulement son mal de tête disparaissait, il aurait les idées un peu plus claires… Une nouvelle quinte de toux le secoua. Après une rapide recherche sur Internet, il trouva les coordonnées d'un des fleuristes auxquels il faisait appel dans le cadre de ses affaires. Il lui téléphona, mais la boutique était fermée. Il essaya d'en joindre un autre. Fermé aussi. À la troisième tentative, il parvint à joindre un fleuriste ouvert.

— Silas Cabot à l'appareil. J'ai besoin de faire livrer un bouquet.

— Bien, monsieur. Quel jour doit s'effectuer la livraison ?

— Aujourd'hui.

— Je suis désolé, monsieur, mais nous sommes sur le point de fermer.

— Vous recevrez une compensation financière qui vaudra largement la peine.

— Mais mon chauffeur livreur est déjà parti.

— Et à la première heure demain matin ? Le plus tôt sera le mieux.

Silas mentionna une somme importante.

— Pensez-vous que ce sera possible ?

— Oui, monsieur. J'y veillerai personnellement.

Silas choisit avec soin la composition du bouquet, auquel il fit joindre une carte. Les fleurs c'était un bon début, mais ça ne suffisait pas. Il fallait trouver quelque chose en plus. Quelque chose qui donnerait à son initiative de réconciliation toutes les chances d'aboutir.

2

Il fallait prendre une décision. Tôt le lendemain matin, Gisella était déjà habillée. Elle n'avait pas beaucoup dormi, trop irritée contre elle-même. Que lui avait-il pris d'annoncer à M. Cabot qu'elle se passerait de ses services ? Ce gala avait une importance cruciale. Il donnerait le ton de son règne. Il devait être organisé avec rigueur et minutie afin que tout soit planifié à la minute près. Or, à en juger par leur premier rendez-vous, M. Silas Cabot ne possédait pas les qualités nécessaires pour atteindre les objectifs fixés. Malgré tout, il avait raison sur un point. Elle risquait fort de ne trouver personne pour le remplacer au dernier moment.

Au lieu de dormir, elle avait passé la plus grande partie de la nuit à récapituler les derniers détails à régler. Comment M. Cabot avait-il pu lui donner pendant si longtemps l'impression d'être fiable ? Lors de leurs visioconférences, il avait toujours semblé parfaitement maître de la situation. Certes, ces discussions avaient toujours été brèves et limitées à l'essentiel. Il semblait toujours pris par le temps, comme s'il faisait tout lui-même dans sa société. Pourtant, ce n'était pas le cas. Avant de l'engager, elle avait chargé son bureau de se renseigner de manière approfondie à son sujet. Sa société comptait plus de six cents employés. Alors pourquoi était-il toujours aussi pressé ?

Et comment avait-il pu lui donner pendant si longtemps le sentiment que tout était sous contrôle ? À présent qu'elle l'avait rencontré, elle avait une tout autre image de lui. Comme si jusque-là elle avait été victime d'une illusion. Et puis cette allure... Qu'avait-il bien pu fabriquer avant leur rendez-vous ? Mais assez pensé à M. Cabot. Elle avait suffisamment perdu de temps avec lui. Gisella quitta sa chambre et gagna le salon de sa suite. En plus de ses gardes du corps, elle était accompagnée pour ce voyage de sa secrétaire privée et de deux secrétaires adjointes. Après avoir salué tout le monde, elle se dirigeait vers la table du petit déjeuner pour prendre un croissant quand son regard fut attiré par un énorme bouquet, mélange de fleurs blanches et rouges agrémenté de feuillage d'un beau vert vif. Magnifique, il était tout à fait dans l'esprit des fêtes de Noël. Quelle attention charmante de la part de l'hôtel... Elle remarqua soudain des petites abeilles en feutre disséminées parmi les fleurs. C'était vraiment adorable... En s'approchant pour les regarder de plus près, elle remarqua la petite carte qui accompagnait le bouquet.

Toutes mes excuses. Cela ne se reproduira plus.

Silas

Elle resta interdite. Aurait-elle réagi de manière excessive à son retard ? Non, elle ne pensait pas. Mais elle aurait peut-être intérêt à donner une seconde chance à M. Cabot. Après tout, il connaissait le projet dans ses moindres détails. Si elle devait engager une autre société, il faudrait organiser des réunions préparatoires, or le temps était compté. Elle contempla de nouveau les fleurs et les petites abeilles. Elle appréciait le soin que M. Cabot apportait aux détails. C'était une des raisons qui l'avaient incitée à choisir sa société.

— Stephanie, s'il vous plaît, appelez l'assistante de M. Cabot et dites-lui que je souhaite le voir ce matin. Le plus tôt possible.

— Bien, Votre Altesse.

Le rendez-vous fut pris en quelques secondes. Pourvu qu'elle ne commette pas une erreur en accordant une seconde chance à cet homme... Dans la voiture qui l'emmenait au bureau de M. Chabot, Gisella reçut un appel de son père.

— Tout se passe bien ? demanda le roi.

Mieux valait éviter de parler du rendez-vous d'hier, décida-t-elle.

— Oui. Tout se passe bien.

— Je perçois une hésitation dans ta voix. Qu'y a-t-il ?

Elle sentit son estomac se nouer.

— Excuse-moi, je suis juste un peu distraite. Il neige ici.

— C'est tout ?

— Oui. La circulation est ralentie et je n'ai pas envie d'être en retard.

Comme M. Cabot à leur premier rendez-vous... Son père et elle discutèrent encore quelques minutes, puis elle eut le temps de consulter sa messagerie avant que sa voiture s'arrête devant l'immeuble abritant les bureaux de SC Public Relations. La neige s'était mise à tomber si dru que le trottoir était tout blanc. Elle remonta le col de son manteau noir et resserra son écharpe rouge avant de descendre de voiture. À peine eut-elle fait deux pas qu'une nuée de journalistes se précipita vers elle. Malgré sa contrariété, elle arbora un large sourire. Comment M. Cabot avait-il osé prévenir les médias qu'elle viendrait le voir ce matin ? Cette fois, c'était terminé. Elle ne voulait plus rien avoir à faire avec lui ! Peu importait qu'il soit séduisant et qu'il lui ait envoyé un bouquet magnifique.

Un journaliste tendit son micro.

— Votre Altesse, avez-vous rendez-vous avec Silas Cabot ?

Elle pourrait le nier, mais à quoi bon ? Que la société de Cabot était chargée d'organiser le gala n'était pas un secret.

— Oui. Excusez-moi, ajouta-t-elle en continuant d'avancer.

— Quel effet cela vous fait-il de savoir que c'est un héros ?

Elle avait dû mal entendre... Avant qu'elle ait le temps de demander des explications, ses gardes du corps l'entraînèrent à l'intérieur de l'immeuble. De quoi parlait ce journaliste ? Qu'avait fait M. Cabot pour être qualifié de héros par les médias ? Dès qu'elle arriva au trente-huitième étage, l'assistante la fit entrer dans le bureau de M. Cabot, où celui-ci l'attendait. Lorsqu'il leva les yeux des documents posés devant lui, leurs regards se rencontrèrent et il sourit. Elle sentit son cœur faire un petit bond étrange et elle détourna les yeux, feignant de contempler le décor qu'elle avait eu tout le temps d'admirer la veille au soir. Lorsqu'elle s'immobilisa devant son bureau, elle reporta son regard sur lui. Loin d'être débraillé comme la veille, il semblait sortir tout droit de la couverture d'un magazine. Il était même tellement bien coiffé qu'il était tentant de plonger les doigts dans ses cheveux bruns pour les ébouriffer un peu.

Il se leva.

— Bonjour, Votre Altesse Royale.

— Bonjour.

— Asseyez-vous, je vous en prie.

Une fois qu'elle fut installée dans un des fauteuils en cuir situés devant son bureau, il se rassit.

— Merci d'avoir accepté un nouveau rendez-vous.

Après avoir calé son sac contre l'accoudoir du fauteuil, elle releva la tête et fut frappée par l'intensité du regard qu'il fixait sur elle. Elle réprima l'envie de détourner les yeux. Pas question de trahir le moindre trouble.

— J'étais pourtant décidée à ne plus revenir ici.

— Puis-je vous demander ce qui vous a fait changer d'avis ?

— J'ai été impressionnée par votre attention aux détails en ce qui concerne le bouquet.

Il sourit.

— Il vous a plu ?

Elle resta silencieuse un instant.

— Ma présence ici ne signifie pas que tout est arrangé. J'ai besoin de travailler avec des gens fiables.

Au lieu d'expliquer son retard de la veille par un acte héroïque, il déclara :

— J'ai fait une liste de quelques points qui nécessitent votre accord pour le gala. Nous pouvons commencer par une visite du site de la soirée avant de régler les détails.

Tandis qu'il continuait de présenter le programme qu'il avait établi, elle serra les dents. Peut-être devrait-elle être impressionnée qu'il ne cherche pas à se mettre en valeur en lui expliquant la raison de son retard de la veille, mais de là à faire comme si rien ne s'était passé...

— Avant de faire quoi que ce soit il faut que nous parlions.

Il se cala dans son siège.

— Certainement. De quoi voulez-vous parler ?

Elle réprima un soupir. Décidément, il ne lui facilitait pas les choses.

— J'aimerais comprendre ce qui s'est passé hier. Avant mon arrivée, j'avais précisé que mon temps était limité et qu'il fallait éviter à tout prix d'en perdre. C'est pourquoi j'ai besoin que la personne avec qui je collabore à ce projet le prenne autant à cœur que moi.

Elle fit une pause avant d'ajouter :

— Je ne suis pas certaine que vous soyez cette personne.

Il se redressa, posa les coudes sur son bureau et croisa les doigts.

— Ce qui s'est passé hier ne se reproduira jamais plus.

Il restait encore évasif ? Décidément, elle n'aimait pas ça du tout.

— Peut-être ferions-nous mieux d'en rester là. Je vais charger mon équipe de reprendre le reste du planning.

— Attendez. Vous ne pouvez pas partir comme ça.

Il était sérieux ? Ne savait-il pas qu'il avait affaire à une princesse héritière ? Elle pouvait faire à peu près tout ce qu'elle voulait.

— Bien sûr que si, insista-t-elle en se levant.

Il soupira.

— Ne partez pas.

Ils s'affrontèrent du regard. De toute évidence, il n'avait pas l'habitude de recevoir des ordres. Dommage pour lui. Soit il lui disait ce qu'elle voulait entendre, soit elle s'en allait.

— Rasseyez-vous, je vous en prie. Je vous dirai tout ce que vous voulez savoir.

Après un long silence, elle se rassit au bord du fauteuil, son sac sur les genoux. Si ce qu'il avait à lui dire ne lui plaisait pas, elle partirait aussitôt.

3

Silas se raidit. Il n'aimait pas être bousculé. Pas même par une séduisante princesse. Il était le dirigeant d'une société florissante et il n'avait de comptes à rendre à personne. Ce qui n'empêchait pas la princesse Gisella de fixer sur lui un regard interrogateur qui lui intimait de se justifier. Sa réaction naturelle serait de garder le silence et de la laisser tirer ses propres conclusions, que ça lui plaise ou non. Cependant, il était impératif pour lui que le gala soit une réussite. S'il était écarté de ce projet à quelques semaines de son aboutissement, les conséquences seraient très fâcheuses pour sa société. Or celle-ci était l'œuvre de sa vie.

Quand il était enfant, il fuyait les disputes de ses parents en se réfugiant dans la littérature fantastique. Il dévorait les romans les uns après les autres. Une fois adulte, il avait délaissé les livres pour bâtir son empire. Tout son temps était consacré à ses affaires. Il ne lui en restait pas pour lire pour son plaisir – ni pour s'engager dans une relation sérieuse. Il travaillait depuis le réveil jusqu'au coucher, tard dans la nuit. Avec pour ambition de hisser sa société au rang de numéro un. Aujourd'hui, il était proche du but. Son secteur d'activité était un petit monde, même s'il s'étendait sur toute la planète. Les gens de la profession se tenaient informés. Ils savaient en permanence quelles agences de communication travaillaient pour quels grands noms. Tout le monde savait que le palais royal de Rydiania avait engagé SC Public Relations pour son prestigieux gala.

Dans son esprit il entendait encore l'écho de la voix de son père. « Tu n'es qu'un bon à rien. » Enfant, il avait tout essayé pour l'impressionner. Rien n'était jamais assez bien. À l'école, s'il obtenait les meilleures notes dans toutes les matières sauf une, son père concentrait toute son attention sur cette dernière. C'était systématique. Son père tirait parti de la moindre faiblesse pour s'en prendre à lui. Quand il était étudiant, son père le comparait sans cesse à son assistant, qui gravissait rapidement les échelons de sa compagnie d'assurances. Sans jamais envisager de lui confier un poste. Il trouvait toujours une excuse pour ne pas engager son propre fils. Tel poste requérait trop de travail – alors que Silas avait travaillé avec acharnement tout au long de sa scolarité. Tel autre poste exigeait de solides compétences en mathématiques – alors que Silas avait toujours brillé dans cette matière. À ses yeux son fils n'était jamais à la hauteur. Jamais. Silas s'efforça de chasser ces souvenirs de son esprit. Ce n'était pas le moment de s'appesantir sur le passé. Il s'éclaircit la voix.

— J'avais prévu de ne pas quitter mon bureau hier, quand...

Il hésita. Inutile de donner trop de détails sur sa vie, comme par exemple le coup de téléphone de sa mère, paniquée parce qu'il neigeait et qu'elle n'avait plus de médicaments.

— Quand j'ai été appelé à l'extérieur pour une urgence.

— Je suppose que c'était quelque chose de très important.

Il réprima un soupir. Les pathologies de sa mère étaient multiples, mais la princesse n'avait pas besoin de le savoir.

— Oui, très important. Je ne prévoyais pas d'être absent très longtemps.

— Et pourtant, vous l'avez été.

Il pinça les lèvres.

— C'est votre histoire ou la mienne ?

Les yeux de la princesse s'écarquillèrent. De toute évidence, elle n'avait pas l'habitude d'être reprise. Il attendit un instant avant de poursuivre.

— Une fois l'urgence réglée, j'ai demandé à mon chauffeur de s'arrêter à une cafétéria. L'après-midi était calme, dans un quartier résidentiel dont la plupart des habitants étaient encore au travail. Et la tempête de neige venait juste de commencer.

Il s'interrompit. Pourquoi donnait-il tous ces détails ?

— Un instant plus tard, alors que je retournais à la voiture avec mon gobelet de café, j'ai vu de la fumée. Noire et beaucoup plus abondante que celle d'un feu de cheminée.

Cette image était restée gravée dans sa mémoire. C'était comme s'il était de nouveau là-bas, sous la neige, dans cette rue déserte où l'odeur de fumée était de plus en plus perceptible.

— J'ai lâché mon café pour courir vers la maison d'où provenait la fumée et dont l'alarme s'était déclenchée.

— Vous êtes sérieux ?

La note d'incrédulité dans la voix de la princesse le piqua au vif. Son père avait la même réaction quand il lui racontait quelque chose. Il ne le croyait pas. Heureusement, sa mère n'avait jamais douté de lui.

— Bien sûr que je suis sérieux, répliqua-t-il d'un ton crispé.

À quoi bon lui raconter la suite si elle ne le croyait pas ?

— Excusez-moi. Je n'aurais pas dû dire ça. Poursuivez, je vous en prie.

— J'ai monté les marches et j'ai tambouriné à la porte en criant aux gens de sortir. Quand j'ai tourné la poignée, la porte s'est ouverte et un nuage de fumée s'en est échappé.

Quand il était entré, il avait dû plisser les yeux et la fumée lui avait brûlé la gorge.

— Tout à coup une femme a surgi et s'est précipitée vers moi. Elle toussait et elle parlait à toute vitesse, mais c'est la terreur dans son regard qui m'a frappé. Elle me suppliait de sauver son bébé. Je lui ai dit de sortir de la maison et d'appeler le service d'urgences. J'ai remonté mon col devant ma bouche et je suis monté à l'étage. La fumée était si épaisse que dans le couloir j'ai continué à genoux tout en priant pour trouver le bébé à temps. Ça m'a paru interminable, mais j'ai fini par le trouver.

Il laissa échapper un soupir tremblant.

— Avec le bébé blotti contre moi sous mon manteau, je suis redescendu au rez-de-chaussée et je suis sorti dans la rue aussi vite que j'ai pu.

C'était l'événement le plus horrible qu'il avait jamais vécu. La femme était sous la neige en jean et en T-shirt, si bien qu'il l'avait enveloppée dans son manteau de laine après lui avoir donné le bébé. Peu de temps après l'arrivée des pompiers et des urgentistes, il avait demandé à son chauffeur de le conduire au bureau. Si c'était à refaire, il n'hésiterait pas un seul instant.

La princesse était bouche bée. Elle mit un instant à se ressaisir.

— Je n'arrive pas à croire que vous êtes entré dans une maison en feu.

— Je n'avais pas le choix.

— On a toujours le choix. Vous avez choisi de protéger les autres au lieu de vous mettre à l'abri. Les journalistes qui sont devant l'immeuble ont raison. Vous êtes un héros.

Il secoua la tête.

— J'ai fait ce que tout le monde aurait fait à ma place.

— Tout le monde n'est pas prêt à risquer sa vie pour des inconnus.

La princesse sortit son téléphone de son sac.

— Que faites-vous ? demanda-t-il.

Les yeux fixés sur l'écran, elle leva la main.

— La voici.

— Quoi donc ?

— Votre photo.

Elle tourna le téléphone vers lui, et il se vit avec le bébé dans les bras.

— Ce que l'article ne dit peut-être pas c'est que le bébé a dû être emmené en urgence à l'hôpital pour inhalation de fumée.

— Comment va-t-il maintenant ? demanda aussitôt la princesse, le regard inquiet.

— Je ne sais pas. J'ai appelé l'hôpital ce matin, mais on a refusé de me renseigner.

— Vous devriez peut-être y aller.

Il secoua la tête.

— J'ai fait tout ce que j'ai pu. À présent, il faut que je reste ici.

Elle ouvrit de grands yeux.

— À cause de moi ?

Il garda le silence. En principe, il devrait avoir réussi à la convaincre qu'hier il n'avait pas oublié leur rendez-vous.

— Vous êtes sûr que c'est raisonnable de travailler aujourd'hui ? demanda-t-elle en scrutant son visage.

— Je vais bien.

À peu près bien. Il avait encore mal à la gorge à cause de la fumée, mais les urgentistes l'avaient examiné sur place. Ils lui avaient dit que son niveau d'oxygène était normal mais qu'il devait aller à l'hôpital pour des examens plus complets. Il avait signé une décharge et s'était rendu directement au bureau.

— Je suis navrée que vous ayez enduré tout cela, mais heureusement que vous étiez là au bon moment.

— À présent, nous pouvons commencer.

Il fit une pause.

— Du moins, si vous souhaitez que nous poursuivions notre collaboration.

— Bien sûr.

Enfin, elle lui sourit. Et son visage s'éclaira. Elle était

d'une beauté encore plus saisissante en personne que sur les milliers de photos disponibles sur Internet. Non qu'il se soit particulièrement intéressé à elle. Il avait juste fait quelques recherches pour des raisons professionnelles. Rien de plus. Il aimait ses longues boucles châtain doré qui ruisselaient dans son dos. Étaient-elles aussi soyeuses qu'elles le paraissaient ?

— Par quoi commençons-nous aujourd'hui ?

La voix de la princesse arracha Silas à ses pensées. Il s'éclaircit la voix.

— Nous devrions aller au Metropolitan Museum of Art. J'ai quelques détails à régler là-bas.

— Allons-y. Ma voiture est en bas.

Il se leva, enfila son manteau et prit sa tablette. Il venait d'avoir un aperçu de la femme qui se cachait derrière la princesse et il espérait bien avoir l'occasion de mieux la découvrir.

Il méritait donc bien d'être qualifié de héros. Et qu'il ait appelé l'hôpital ce matin pour demander des nouvelles du bébé en disait long sur son caractère.

Lorsque la voiture s'arrêta devant l'entrée de l'hôpital, Silas leva les yeux de son téléphone.

— Que faisons-nous là ?

— J'ai pensé qu'il serait bien de prendre des nouvelles de la petite fille que vous avez sauvée.

Il la regarda d'un air surpris.

— Oh. D'accord. Mais, et votre planning ?

— Ne vous inquiétez pas. Il n'en sera pas bousculé.

Cependant, les gardes du corps ne masquèrent pas leur contrariété. Ils avaient l'habitude d'effectuer des contrôles de sécurité préalables dans tous les lieux où elle se rendait. Et, elle avait beau ne pas apprécier les restrictions à sa liberté, la plupart du temps elle acceptait volontiers cette contrainte.

Cependant, aujourd'hui, les circonstances étaient particulières. Il allait falloir trouver un compromis. Les gardes du corps lui demandèrent d'attendre quelques minutes dans la voiture pendant qu'ils jetaient un coup d'œil dans l'établissement. Après leur départ, elle déclara :

— Avant d'aller voir la petite fille, il faudra que nous nous arrêtions à la boutique de cadeaux.

— Je… Je ne sais pas.

Elle sourit.

— Ne vous inquiétez pas. Je choisirai quelque chose.

— Vous êtes certaine de vouloir faire ça ?

— Bien sûr. J'ai été une petite fille, moi aussi. Je pense être capable de choisir un jouet. À moins que vous soyez opposé à cette idée ?

— Pas du tout.

À cet instant, les portières de la voiture s'ouvrirent et les gardes du corps les accompagnèrent à l'intérieur de l'hôpital. Des têtes se tournèrent vers eux. C'était une question d'habitude. Depuis qu'elle était l'héritière du trône, elle passait encore moins inaperçue. Cependant, la photo de Silas ayant fait la une de tous les titres, aujourd'hui, il allait peut-être bien lui voler la vedette, songea Gisella, amusée. Elle s'appliqua à sourire aux gens qui s'arrêtaient sur leur passage et lui faisaient des signes. Certains prirent des photos, mais elle ne s'arrêta pas pour des selfies. Ils avaient un planning à respecter, et ce détour allait déjà les mettre en retard. Après avoir demandé le numéro de la chambre à l'accueil, ils se rendirent à la boutique de cadeaux. Elle choisit un ours en peluche rose pour la petite fille, plus des magazines pour sa mère, qui avait sans doute besoin de se changer les idées. Silas était resté silencieux dans la boutique et il ne parlait pas davantage à présent qu'ils étaient en chemin vers le service de pédiatrie. Une aide-soignante les attendait à la sortie de l'ascenseur.

Apparemment, le personnel avait été prévenu de leur arrivée. Avant de sortir dans le couloir, Gisella tendit l'ours à Silas.

— Tenez.

Il écarquilla les yeux et regarda la peluche comme si c'était un serpent venimeux prêt à le mordre.

— C'est à vous de le lui donner, ajouta-t-elle.

Pourquoi les hommes étaient-ils tous plus ou moins mal à l'aise avec les bébés ?

Elle pressa l'ours contre le torse de Silas.

— C'est vous, le héros de cette histoire. Pas moi.

Quand elle lâcha la peluche, il fut obligé de la retenir. Puis d'un geste il l'invita à sortir de l'ascenseur avant lui. À cet étage, elle accorda plusieurs selfies. Comment refuser ? C'était si triste de voir tous ces enfants dans des lits d'hôpital. Tant pis pour le planning. Elle s'attarda pour bavarder avec des parents pendant que Silas se dirigeait vers la chambre de la petite fille. Elle le rejoignit à temps pour voir la mère du bébé le lui mettre dans les bras. La petite fille s'appelait Susie et elle était adorable avec ses bonnes joues roses et ses boucles blondes. Alors que Gisella ne pouvait s'empêcher de sourire avec attendrissement, Silas était visiblement tendu comme s'il craignait de laisser tomber le bébé. Mais, tandis que Mary, la maman, lui parlait et que Susie babillait, Gisella vit qu'il se détendait peu à peu. Elle connaissait à peine cet homme et pourtant elle savait déjà qu'un jour sans doute pas très lointain il ferait un excellent père et mari. À cette pensée, elle eut un pincement au cœur des plus étranges. Mais, avant qu'elle ait le temps de l'analyser, Silas se tourna vers elle et lui sourit. C'était la première fois qu'elle le voyait sourire. L'air sérieux, il était déjà séduisant. Mais quand il souriait... il était tout simplement irrésistible. Le cœur battant, elle lui rendit son sourire. Il baissa les yeux sur Susie qui commençait à s'agiter et il se rembrunit visiblement. Quel était donc le problème ?

Avant même de devenir la princesse héritière, Gisella avait toujours su qu'il serait de son devoir d'épouser un homme digne de son rang. Dans la vie des membres d'une famille royale, il n'y avait pas de place pour le romantisme. Même si sa plus jeune sœur, Cecelia, avait dérogé au protocole en trouvant l'homme de sa vie dans le sud de la France. Mais Cecelia pouvait s'offrir ce genre de luxe. Pour sa part, elle n'avait même jamais imaginé prendre le dixième des libertés que sa petite sœur s'était accordées dès son plus jeune âge. Gisella tenta de se rassurer. Elle avait eu raison de suivre les règles, même si elle s'était beaucoup moins amusée que ses deux sœurs pendant son enfance et son adolescence. Elle ne savait pas pourquoi, mais elle était sérieuse de naissance. Du moins c'était ce que sa mère lui avait toujours dit. Peut-être étaient-ce le calme et le confort d'une vie réglée qui lui plaisaient tant. Malgré tout... quand elle regardait Silas, elle ne pouvait s'empêcher de se demander à quoi ressemblerait une existence un peu plus aventureuse. Son téléphone vibra dans son sac. Sa secrétaire privée lui avait envoyé un message, pour lui rappeler que s'ils s'attardaient plus longtemps à l'hôpital le planning serait sérieusement compromis. Après une brève conversation avec la mère du bébé et une photo de groupe, elle déclara :

— Je suis vraiment désolée, mais il faut que nous y allions.

L'effarement se lut furtivement sur le visage de Silas. Comme si à sa grande stupéfaction il avait tout oublié du programme de la journée. Il ne devait pas avoir l'habitude de se laisser distraire de son travail, songea-t-elle. Peut-être se ressemblaient-ils davantage qu'elle ne l'avait d'abord cru.

— C'est exact, dit-il à la jeune maman. Je suis heureux que tout aille bien pour vous deux. Et je vous appellerai au sujet de la campagne de financement participatif.

— Merci infiniment.

Tenant son bébé dans un bras, Mary se pencha vers Silas pour l'étreindre de l'autre bras.

Alors qu'ils regagnaient la voiture, Gisella ne put s'empêcher de demander :

— De quelle campagne de financement participatif Mary parlait-elle ?

— Comme elle a tout perdu dans l'incendie, je lui ai dit que j'organiserais une collecte de fonds pour elle et sa fille. Et le temps qu'elles trouvent un nouveau logement, je vais leur prendre une chambre d'hôtel.

Gisella resta un instant silencieuse. Elle qui croyait qu'il ne pourrait pas l'impressionner davantage...

— C'est très généreux de votre part.

Il haussa les épaules.

— N'importe qui en ferait autant.

4

La journée passa dans une sorte de brouillard. Silas en était à son quatrième café quand ils terminèrent la visite du Met. La princesse avait approuvé la tenue des serveurs et choisi le service de table. Elle prêtait une plus grande attention aux détails que ses autres clients, et il était impressionné par son énergie. Elle n'avait même pas voulu faire une pause pour déjeuner parce qu'elle était déterminée à rattraper leur retard. Il avait eu envie de lui faire remarquer qu'ils n'auraient pas eu ce problème s'ils n'avaient pas fait un détour par l'hôpital, mais il s'était abstenu. Il ne pouvait pas se permettre de la contrarier. Tout le monde parlait déjà du gala. Cet événement faisait l'objet d'un tel battage que la réputation de sa société était bel et bien liée à sa réussite. Par ailleurs, il fallait reconnaître que rétrospectivement il avait été heureux de constater que Susie et sa mère se portaient bien. Dès son retour chez lui, il lancerait la campagne de financement. Gisella ne cessait pas de le surprendre. Elle n'était pas la princesse capricieuse qu'il avait imaginée. Il avait d'autant plus envie que leur collaboration se passe bien et qu'elle apprécie l'expérience. D'ailleurs, son assistante et lui avaient préparé une surprise pour elle. Avec un peu de chance, cela effacerait définitivement la mauvaise impression qu'elle avait eue de lui lors de leur premier rendez-vous. D'autant plus que la distraire pourrait bien être plus agréable que prévu.

L'heure du dîner approchait alors qu'ils se trouvaient dans la salle de réunion de SC Public Relations. Ils avaient été rejoints par l'équipe qu'il avait dédiée au projet Abeilles Sans Frontières depuis le début, ainsi que par la secrétaire privée de la princesse et ses deux secrétaires adjointes. Ils effectuaient les dernières vérifications avant que la princesse prenne congé pour la soirée. Il ne restait plus qu'un élément à vérifier : le programme, dont la maquette venait d'être livrée. Le dîner et la remise des prix seraient suivis d'un spectacle, puis la soirée se terminerait par un bal. Silas saisit le livret, dont la couverture crème était frappée de bourdons jaune et noir légèrement chatoyants, coiffés de couronnes dorées incrustées de rubis. Au centre de l'invitation, le logo d'Abeilles Sans Frontières mis en évidence était accompagné du lieu et de l'heure. Comme ils en avaient convenu lors d'une visioconférence.

Il le tendit à Gisella, qui l'étudia sans rien dire. Était-elle satisfaite ou non ? Impossible de le deviner. Plus le silence se prolongeait, plus l'incertitude de Silas grandissait.

— Il est conforme à ce que nous avions décidé.

Ignorant cette remarque, elle ouvrit le livret et lut attentivement les pages intérieures. S'efforçant de surmonter son inquiétude il s'exhorta à la patience. Il ferait mieux de traiter ses mails. Il en avait reçu des dizaines et la plupart étaient urgents. Mais c'était plus fort que lui. Son attention était accaparée par Gisella. Elle était vraiment très différente de ce qu'il avait imaginé. Il pensait qu'elle chargerait son personnel d'effectuer tout le travail et qu'elle ne se manifesterait qu'à la fin en s'attribuant le mérite du résultat. Elle avait au contraire participé à chaque étape de l'organisation de l'événement en faisant preuve d'une minutie exceptionnelle. Allons bon, elle plissait le front. Très mauvais signe...

— Ne vous inquiétez pas s'il y a une coquille. Nous avons largement le temps d'apporter des rectifications.

Elle secoua la tête.

— C'est plus grave qu'une coquille.

— Quel est le problème ?

Elle leva les yeux et plongea son regard dans le sien.

— Le programme de la soirée lui-même.

Il prit le livret et l'ouvrit, puis il chercha sur son ordinateur le fichier correspondant et compara les deux.

— Je ne comprends pas. Il n'y a pas de différence avec les fichiers que nous avons reçus.

— L'orchestre a dû annuler sa participation pour des raisons médicales. Mon bureau vous en a informé il y a deux semaines.

Impossible qu'il ait oublié un détail aussi important. Il se tourna vers son équipe.

— Qui s'est occupé de ça ?

Ils se regardèrent les uns les autres d'un air inquiet sans rien dire.

— Parlez, insista-t-il. Qui a vu le mail concernant l'annulation de l'orchestre ?

— Personne, répondit Charles, responsable événementiel de la société, en indiquant l'écran de son ordinateur. Je viens de vérifier et il n'y a aucune trace du mail.

— Comment est-ce possible ? demanda la princesse.

Charles pâlit.

— Peut-être a-t-il été envoyé à une adresse erronée. Ou bien il s'est perdu. Ça arrive parfois.

Silas consulta sur son ordinateur la liste de mails reçus du palais de Rydiania. Il les avait tous gardés dans l'éventualité d'un problème de ce genre. Aucun n'avait pour objet l'annulation de l'orchestre.

— Quand aurait-il été envoyé ?

— Je ne sais pas, répondit Gisella en prenant son téléphone.

Il y eut un silence pendant qu'ils cherchaient chacun de son côté le mystérieux mail. Silas ouvrit tous les mails pour vérifier leur contenu. Rien. Cependant, même si le problème n'était pas dû à son équipe il restait épineux. L'orchestre devait commencer à jouer après la cérémonie de remise des prix et continuer jusqu'à la fin de la soirée. Sa participation occupait donc une grande partie du programme.

— Je ne le trouve pas, dit Gisella. Comment est-ce possible ?

Elle se tourna vers sa secrétaire privée.

— Savez-vous qui était chargé de prévenir l'équipe de New York ?

— Non, Votre Altesse, répondit la jeune femme d'un air très inquiet. Je ne me souviens pas.

Silas réprima un soupir. De toute façon, à seulement treize jours du gala, il fallait trouver une solution de toute urgence. S'il y avait le moindre problème dans l'organisation de cet événement, la société californienne avec laquelle il préparait une fusion l'apprendrait. L'opération tomberait à l'eau, et il n'aurait plus aucune chance d'élargir son champ d'activité à la côte Ouest. Ce qui était hors de question. Parce que depuis son plus jeune âge on lui avait inculqué que l'échec était inacceptable. Autour de la table, tout le monde discutait. Ses collaborateurs affirmaient qu'ils n'avaient jamais reçu le mail. Et ceux de Gisella rétorquaient d'un ton vif qu'ils le leur avaient envoyé. Il se leva.

— Ça suffit !

Tout le monde se tut et se tourna vers lui.

— Voici ce que nous allons faire. Mon équipe va dresser une liste d'une dizaine d'orchestres qui pourraient faire l'affaire, puis celle de la princesse fera des recherches approfondies sur chacun et en sélectionnera deux. La princesse et moi-même nous procéderons au choix définitif.

— Quand avez-vous besoin de ces noms ? demanda Charles.

— La liste devra être transmise à l'équipe de la princesse demain matin à la première heure.

Dès les premiers murmures de protestation laissant entendre que c'était impossible, il ajouta :

— C'est possible et ce sera fait.

— Ensuite mon équipe me communiquera les noms des deux orchestres sélectionnés au plus tard à midi, déclara Gisella.

Sa secrétaire privée et ses deux adjointes se rembrunirent, mais elles n'osèrent pas protester. Silas reconnut qu'il ne serait pas facile de trouver un orchestre disponible au dernier moment, surtout pendant les fêtes, tout en soulignant que la couverture médiatique dont bénéficiait déjà le gala devrait être incitative. Les deux équipes se mirent alors à discuter du genre d'orchestre qu'il convenait d'engager. Quelqu'un déclara qu'un groupe de rap s'imposait parce que les lauréats des prix étaient tous très jeunes. Quelqu'un d'autre objecta qu'un orchestre classique était préférable pour un événement parrainé par une famille royale. Une troisième voix suggéra que du jazz serait plus entraînant.

Inutile de s'en mêler, décida-t-il. Il faisait confiance à ses collaborateurs pour faire le bon choix. Alors que Gisella semblait prête à intervenir, il attira son regard et secoua imperceptiblement la tête. Elle plissa le front. Signe qu'il était urgent de la distraire... Le moment était venu de mettre son plan en action. Se penchant vers elle, il murmura :

— Venez avec moi.

— Où donc ?

— Vous verrez.

Il se leva et attendit qu'elle en fasse autant. Pendant que leurs équipes respectives continuaient à échanger des arguments, ils sortirent par une porte qui donnait directement dans son bureau. Dès qu'il la referma, le bruit de la discussion fut étouffé.

— Ce silence n'est-il pas le bienvenu ? demanda-t-il.

— Nous devrions rester dans la salle, objecta-t-elle d'un air contrarié.

Sans doute avait-elle l'habitude de tout contrôler personnellement.

— Pourquoi ? Vous ne faites pas confiance à vos collaborateurs ?

Après une hésitation imperceptible, elle répliqua :

— Bien sûr que si.

— Alors laissons-les faire leur travail.

— Et nous ? Que sommes-nous censés faire ?

— Que diriez-vous de nous éclipser ?

— Nous éclipser ? Je suis une princesse et je n'ai pas l'habitude de m'éclipser. Pourquoi cette suggestion ?

Il ne put s'empêcher de sourire. Décidément, elle était beaucoup trop sérieuse.

— Vous n'avez pas envie de visiter un peu la ville ?

Elle arqua les sourcils.

— Le tourisme devra attendre. J'ai des tas de mails à traiter avant demain matin.

— Vous ne pouvez pas travailler en permanence. D'ailleurs, vous avez sauté le déjeuner. Il faut que vous mangiez quelque chose. Si nous allions dîner ?

— Ensemble ?

— Oui. Je connais un endroit pas loin d'ici.

Elle hésita imperceptiblement.

— D'accord, allons-y. Nous prendrons ma voiture.

— Ce n'est pas nécessaire. Du moins si marcher un peu ne vous dérange pas.

Il baissa les yeux sur ses chaussures. Des bottines noires confortables.

— Non. Où allons-nous ?

— C'est une surprise.

— Que dois-je dire à mes gardes du corps ?

— Qu'ils peuvent nous suivre s'ils le souhaitent.

Il n'imaginait pas de vivre ainsi. Être obligé de prévenir quelqu'un à chaque fois qu'on bougeait... Aucune spontanéité n'était possible. Il l'observa tandis qu'elle se tournait vers son garde du corps en chef pour lui expliquer la situation. Comment s'appelait-il, déjà ? Nick ? Mick ? Oh ! oui. C'était Vic. Le nombre de membres de son équipe de sécurité était impressionnant. Mais sans doute était-ce normal. Après tout, elle serait bientôt reine.

Emmitouflés dans leurs manteaux ils quittèrent l'immeuble et remontèrent l'avenue, suivis par les gardes du corps. Il faisait déjà nuit, et Gisella était visiblement charmée par les guirlandes blanches qui clignotaient dans les arbres, ainsi que par les décorations rouges, blanches et vertes des vitrines. Qu'il y ait déjà un problème dans l'organisation du gala était fâcheux. Il ignorait laquelle des deux équipes en était responsable, mais il n'avait aucune envie que cela complique sa collaboration avec la princesse. Silas s'éclaircit la voix.

— Je vous présente mes excuses.

— À propos de l'orchestre ? Vous n'avez pas à vous excuser. Ce sont des choses qui arrivent. L'essentiel est de résoudre le problème au plus vite.

Il masqua son soulagement.

— Ce sera fait.

— Je l'espère.

Il s'immobilisa.

— Nous sommes arrivés.

Elle regarda autour d'elle.

— Je ne vois pas de restaurant.

Il indiqua le chariot à hot-dogs protégé par un grand parapluie jaune et bleu. Devant le silence de la princesse, il ajouta :

— Mais si vous préférez vous protéger du froid...

— Non, c'est très bien, dit-elle avec un manque de conviction flagrant.

— Ils font les meilleurs hot-dogs de la ville.

— C'est l'expérience qui vous l'a appris ?

— Oui.

La princesse arqua les sourcils.

— Que voulez-vous, j'aime les hot-dogs, reconnut-il. Si bien qu'au fil des années j'ai essayé la plupart des vendeurs. Par chance le meilleur se trouve près de mon bureau.

La princesse ne semblait toujours pas enthousiasmée.

— Mais oublions ça. Allons ailleurs.

— Non, restons. J'ai envie d'un hot-dog.

— Vous êtes sûre ?

— Absolument. Ça changera. Et si c'est votre vendeur préféré, ils doivent être bons.

Ils commandèrent pour eux et pour les gardes du corps. Ceux-ci avaient commencé par refuser la proposition de Silas mais, quand la princesse avait insisté pour qu'ils mangent quelque chose, aucun d'eux n'avait plus émis la moindre objection. Une fois qu'ils furent servis, Gisella demanda :

— Retournons-nous au bureau ?

— Pas encore. J'ai une autre surprise.

— Laissez-moi deviner, une glace achetée à un autre vendeur de rue ?

— Non, mais si vous avez envie d'une glace, je connais un endroit pas loin d'ici. Vous voulez y aller ?

Elle secoua la tête en souriant.

— Non, je plaisantais. Je suis curieuse de découvrir cette surprise.

Il éprouva une vive satisfaction. À en juger par le sourire gourmand avec lequel elle mangeait son hot-dog, donner à la princesse un aperçu de la vie new-yorkaise était une bonne idée. Il indiqua à ses gardes du corps où ils allaient avant de héler un taxi. Pas question de faire marcher la princesse plus longtemps en plein mois de décembre. Quelques minutes plus tard, le taxi les déposa devant une entrée de Central Park. Malgré la saison, l'endroit grouillait de New Yorkais et de touristes.

— Venez, dit-il.

Avec le plus grand naturel, il lui prit la main pour l'entraîner dans le parc, jusqu'à une statue devant laquelle était garée une calèche.

— Une balade dans le parc, ça vous tente ?

Elle hocha la tête en souriant. Étant donné qu'il avait chargé son assistante d'effectuer la réservation, ils n'eurent pas à attendre. Il aida la princesse à monter dans la voiture et, une fois qu'ils furent installés sous les couvertures fournies, la calèche démarra. Il avait même fait commander une thermos de chocolat. D'ordinaire il n'allait pas aussi loin pour être agréable à ses clients, mais la princesse n'était pas une cliente comme les autres. Un flocon de neige s'était posé sur ses longs cils, constata-t-il. Il était tentant de le déloger du bout du doigt... Mais que lui prenait-il ? Cette soirée n'était pas un rendez-vous galant. Elle faisait partie d'une stratégie destinée à divertir une cliente importante. Toutefois, il fallait reconnaître que l'idée d'un rendez-vous galant avec la princesse n'était pas rebutante... Stop. Pas question de laisser son esprit vagabonder dans cette direction. Ce serait trop dangereux. Il s'efforça de reporter son attention sur le paysage de carte postale. Depuis la voiture, les gratte-ciel qui entouraient le parc et dont les lumières tranchaient sur le ciel d'encre offraient un spectacle grandiose.

Mais, malgré tous les efforts de Silas pour se concentrer sur autre chose, son regard était irrésistiblement attiré par la femme splendide assise à son côté. Cette promenade en voiture n'était peut-être pas une idée si brillante, en fin de compte. Être blottis l'un à côté de l'autre sous des couvertures avait quelque chose de très intime. Comment ne pas avoir envie de passer un bras autour de ses épaules ? Il résista à la tentation, mais il ne put s'empêcher d'imaginer qu'il l'attirait contre lui et qu'ils partageaient un baiser brûlant dans la nuit glaciale. À son grand dam. Il était urgent de se ressaisir ! Pour tenter de se distraire de ses pensées, il tendit la main vers la thermos de chocolat. Mais au même instant elle en fit autant, et il retira précipitamment sa main. Ils avaient beau porter des gants tous les deux, il eut des fourmillements dans les doigts. Ridicule. C'était juste l'effet de surprise.

— Vous voulez du chocolat ? demanda-t-elle.

— Non, merci. Vous pouvez le boire.

— Il y en a largement assez pour deux.

Elle enleva ses gants pour verser le chocolat dans un gobelet. Il ôta ses gants à son tour et, quand elle lui tendit le gobelet, leurs doigts se touchèrent. Il sentit comme un courant électrique remonter le long de son bras puis se répandre dans sa poitrine. Leurs regards se rencontrèrent et restèrent plongés l'un dans l'autre un peu trop longtemps. Il baissa les yeux sur ses joues et son nez délicat rosis par le froid, avant de les poser sur ses lèvres pulpeuses. Il suffirait qu'il se penche un peu et...

Comme si elle devinait la direction que prenaient ses pensées, elle tourna la tête. Heureusement ! Quelques secondes de plus, et il aurait cédé à la tentation. Une erreur à éviter à tout prix. C'était une cliente très importante. Sa satisfaction était essentielle à la réussite de son projet de fusion. Rien ne devait le détourner de son objectif. Pas même son envie irrésistible de l'embrasser. Lors de la préparation de cette sortie, il n'avait pas pensé à demander deux gobelets. S'il n'avait pas négligé ce détail, ce moment embarrassant n'aurait jamais eu lieu. Il n'avait pas non plus prévu que cette balade aurait un côté aussi intime.

Lorsque celle-ci fut terminée et qu'il raccompagna la princesse à sa voiture, il fut de nouveau très tenté de l'embrasser. Ce n'était pas un rendez-vous galant, se répéta-t-il fermement.

5

Elle avait passé une bonne soirée. Le dîner avait été moyen, mais la promenade en calèche inoubliable. Gisella se remémorait inlassablement cet épisode. À un certain moment elle avait cru que Silas allait l'embrasser. Le seul fait d'y penser affolait son cœur...

Emmenait-il tous ses flirts faire un tour en calèche dans Central Park ? Mais elle n'était pas un flirt, bien sûr. Il avait juste voulu être agréable à une cliente importante. Certes. Mais, quand il avait plongé son regard dans le sien, elle avait complètement oublié qu'elle était à New York pour affaires. Elle n'avait eu qu'une seule envie. Savoir quel effet lui ferait d'être blottie dans ses bras avec sa bouche cherchant la sienne. Allons bon, son cœur battait de nouveau à grands coups... De toute façon, ça n'arriverait jamais. Après tout, elle était la princesse héritière. Il lui était interdit de flirter. Même avec l'homme le plus sexy de la planète.

Il n'aimait visiblement pas parler de lui, mais son comportement lui en avait appris beaucoup à son sujet. En organisant cette promenade pour qu'elle puisse admirer les illuminations de Noël, il avait confirmé qu'il était attentionné. En pensant à commander des couvertures et du chocolat chaud, il avait démontré son goût du détail. Enfin, en s'abstenant de l'embrasser il avait fait preuve de retenue. Peu d'hommes auraient refréné leur envie. Pourquoi l'avait-il fait ? Elle aurait voulu le lui demander, mais elle avait craint de se ridiculiser. Après tout, elle avait peut-être mal interprété la situation.

Le lendemain après-midi, Gisella se trouvait de nouveau dans la salle de réunion de SC Public Relations. Alors que Silas parlait à une de ses employées, elle se demandait s'il y avait une femme dans sa vie. Oui, sans doute. Ça expliquerait pourquoi il ne l'avait pas embrassée. Comment n'y avait-elle pas pensé plus tôt ? À sa satisfaction d'avoir résolu le mystère succéda très vite une grande déception. Silas n'étant pas libre, son fantasme n'avait aucune chance de se réaliser. Il était vrai qu'elle n'était pas vraiment libre non plus. Même si le mariage qui avait été arrangé pour elle ne l'intéressait pas le moins du monde, elle ne pourrait pas y échapper. Son devoir lui imposait d'y consentir parce que c'était dans l'intérêt du royaume.

— Qu'en pensez-vous ?

La voix de Silas la fit tressaillir. Elle n'avait pas l'habitude d'être surprise en train de rêvasser quand elle était censée travailler. Qu'y avait-il chez cet homme qui la poussait à avoir des réactions inhabituelles ?

— Et vous ? répliqua-t-elle, éludant sa question.

Il lui lança un regard perplexe avant de lui donner son opinion sur les deux orchestres sélectionnés par sa secrétaire privée et ses deux adjointes.

— Je suis d'accord, approuva-t-elle. Quand allons-nous choisir entre les deux ?

Il consulta sa montre.

— Dans une heure.

À cet instant, deux coups furent frappés à la porte restée ouverte. Toutes les têtes se tournèrent vers la vieille dame qui se tenait sur le seuil de la pièce. Ses cheveux gris étaient coupés au carré et ses lèvres peintes en rouge vif. Au revers de son manteau rouge était accrochée une guirlande scintillante.

— J'espère que je ne vous dérange pas, dit-elle avec un sourire chaleureux.

— Maman, dit Silas en la rejoignant. Que fais-tu ici ?

— J'avais rendez-vous chez le médecin et j'ai eu envie de passer dire bonjour. Mais je vous ai interrompus, je suis désolée.

La mère de Silas. Intéressant... Gisella observa ce dernier. Ses traits s'étaient adoucis et son regard était affectueux.

— Ce n'est pas grave, maman. Entre donc.

La vieille dame jeta un coup d'œil à la table, autour de laquelle étaient assises une dizaine de personnes, et son sourire devint hésitant. Gisella se leva et la rejoignit.

— Enchantée de faire votre connaissance, madame Cabot.

— Vous... Vous êtes la princesse ?

Gisella lui adressa un sourire chaleureux.

— Oui. Et je suis enchantée de faire votre connaissance.

Mme Cabot inclina la tête.

— Excusez-moi, je suis trop vieille pour faire la révérence. Je risquerais de ne pas pouvoir me relever.

— C'est inutile, ne vous inquiétez pas, répliqua Gisella.

Mme Cabot lui adressa un regard hésitant.

— Si j'avais su que mon fils était en réunion avec vous, je ne vous aurais pas interrompus.

Silas posa la main sur l'épaule de sa mère.

— Maman, quelque chose ne va pas ?

— Je n'aurais pas dû venir, dit-elle en faisant demi-tour.

Il se précipita derrière elle.

— Maman, attends.

Gisella le suivit des yeux. Un homme qui prenait soin de sa mère était presque toujours quelqu'un de bien. Il demanda à sa mère de l'attendre puis il revint vers elle pour lui donner une adresse.

— Retrouvez-moi dans une heure et nous choisirons l'orchestre.

— Où est-ce ?

— Faites-moi confiance.

Sans lui laisser le temps de répliquer, il retourna auprès de sa mère. Depuis le seuil de la salle de réunion, elle vit les portes de l'ascenseur s'ouvrir. Il laissa sa mère entrer dans la cabine et la suivit. Gisella regarda les portes se refermer derrière eux. Silas ne ressemblait à aucun autre homme de sa connaissance. Il ne faisait jamais de courbettes. Loin de là. Il ne la traitait pas comme une princesse. Et, à vrai dire, c'était très agréable. Au palais, tout le monde respectait le protocole. C'était Son Altesse par-ci, Son Altesse par-là. À part ses frère et sœurs, qui vivaient désormais ailleurs, personne ne voyait jamais la femme derrière la princesse. Alors que Silas lui parlait comme s'il attachait sincèrement de l'importance à son avis en tant que personne. Pas seulement parce que c'était celui d'une cliente doublée d'une princesse.

Elle donna l'adresse qu'il lui avait indiquée à ses gardes du corps, et une heure plus tard elle se trouvait dans l'ascenseur d'un autre immeuble. Arrivée au dernier étage, elle se dirigea vers le penthouse numéro un et frappa à la porte. Ce fut Silas qui lui ouvrit. Sa cravate avait disparu et le col de sa chemise était ouvert.

— Entrez.

Vic, son garde du corps, la retint et insista pour inspecter les lieux. Silas n'émit pas d'objections. Quelques instants plus tard, Vic donna son feu vert pour qu'elle entre dans l'appartement et se posta dans le couloir avec son deuxième garde du corps.

— Bienvenue. Laissez-moi vous débarrasser de votre manteau, déclara Silas.

— Merci.

Il l'invita à le suivre dans un vaste salon aux murs gris perle et au décor moderne.

— Puis-je vous servir quelque chose à boire ? demanda-t-il en déposant son manteau sur un des deux canapés en cuir noir qui occupaient un coin de la pièce.

— Un verre de vin blanc, si vous en avez.

— Tout de suite.

— C'est ici que vous vivez ?

— Oui, répliqua-t-il avant de s'éclipser.

Malgré son envie d'examiner le décor avec plus d'attention, elle fut irrésistiblement attirée vers la baie vitrée. C'était sans aucun doute ce qui lui manquerait le plus à son retour à Rydiania. La ville la nuit. Avec toutes ces lumières c'était un endroit magique, où il régnait une animation exceptionnelle.

— Belle vue, n'est-ce pas ?

Elle se tourna vers Silas et prit le verre qu'il lui tendait.

— En effet, acquiesça-t-elle sans pouvoir s'empêcher de promener son regard sur lui. Très belle.

— C'est la raison pour laquelle j'ai pris cet appartement. J'ai beau être né ici, je ne me lasse jamais de ce spectacle.

Un frisson parcourut Gisella. La voix de Silas était aussi sexy que son physique. Il était très tentant de se rapprocher subrepticement de lui jusqu'à le frôler... Comment réagirait-il ? L'embrasserait-il, cette fois-ci ? Elle s'efforça de se ressaisir. Que lui prenait-il ? Il n'y avait rien entre Silas et elle, et il n'y aurait jamais rien. Bientôt elle serait fiancée. Elle sentit son estomac se nouer à la perspective de se marier avec un homme qu'elle connaissait à peine. Matis était tout juste un ami, et encore. Et elle n'éprouvait pas la moindre attirance pour lui. Rien à voir avec les étincelles qui fusaient entre Silas et elle. Si elle l'y encourageait, l'embrasserait-il ? Elle mourait d'envie de le savoir. Malheureusement, elle ne pouvait pas se permettre de céder à la tentation. Le devoir exigeait qu'elle lutte contre son attirance pour lui, même si elle avait l'intuition que c'était une bataille perdue d'avance. Elle promena son regard autour d'elle.

— Je ne vois pas d'arbre de Noël. Mais peut-être n'avez-vous pas encore eu le temps de vous en occuper. C'est toujours très joyeux de le décorer. Vous le faites sans doute avec votre femme ?

Elle se mordit la langue, horrifiée. Comment avait-elle pu poser une question aussi indiscrète ? C'était insensé. La vie privée de Silas ne la regardait pas.

— Je ne suis pas marié. Et il n'y a personne de spécial dans ma vie, précisa-t-il d'un ton neutre.

Elle s'efforça de rester impassible malgré la nuée de papillons qui s'affolait dans son ventre. Que lui arrivait-il ?

— C'est donc vous qui allez décorer l'arbre ? demanda-t-elle d'un ton qu'elle espérait léger.

— Non, je n'ai pas l'habitude de décorer mon appartement pour Noël.

Elle masqua sa surprise. Pour sa part, elle n'imaginait pas se passer d'un arbre de Noël ni des autres traditions que sa famille respectait avec plaisir chaque année.

— Et votre mère ? Décore-t-elle sa maison pour les fêtes ?

— Absolument. Mais comme elle vieillit et que mon père n'est plus là, son arbre est de plus en plus petit. Cette année, elle a un petit sapin de table qui lui plaît beaucoup et pour lequel elle a trouvé des décorations miniatures. Et vous ? Je suppose que vous en avez un ?

— Oui, un immense sapin dans le hall du palais. C'est magnifique. Quand je rentrerai il sera déjà décoré, ajouta-t-elle avec une pointe de nostalgie.

Elle consulta sa montre.

— Il est peut-être temps d'y aller, non ?

— Aller où ?

— Nous devons écouter les orchestres ce soir pour en choisir un, non ?

Il hocha la tête.

— Alors allons-y.

— Nous n'avons pas besoin d'aller quelque part.

— Je ne comprends pas.

Il se dirigea vers une console et prit une télécommande. Un grand écran plat accroché au mur s'alluma.

— Ils nous ont envoyé des vidéos, si bien que nous pouvons les regarder tranquillement ici. Vous n'aurez pas à craindre qu'on vous reconnaisse et qu'on vous réclame des selfies.

Deux coups furent frappés à la porte.

— Et ça, c'est notre dîner qui arrive, ajouta-t-il en allant ouvrir.

Elle regarda autour d'elle avec plus attention et découvrit dans un coin une table dressée pour deux devant la baie vitrée. Il y avait même un petit bouquet au milieu et deux bougies allumées. Un dîner aux chandelles ? S'efforçant d'ignorer les battements de son cœur, elle tenta de se convaincre que ce n'était qu'un dîner d'affaires qui entrait dans le cadre de ses obligations. Allons donc. Pourquoi se mentir ? Ce qui l'attendait avait tout d'une soirée intime.

Après le départ du livreur, elle s'assit à table et Silas prit place en face d'elle. Leurs regards se rencontrèrent, et elle sentit les papillons s'agiter dans son ventre. Son hôte était décidément très séduisant. Et elle mourait d'envie d'apprendre à mieux le connaître.

Le dîner avait été très animé.

La princesse parlait très volontiers de son royaume, et il ne se lassait pas de l'écouter. Il aimait le son de sa voix mélodieuse, l'éclat de ses yeux quand elle s'enthousiasmait et la facilité avec laquelle elle l'entraînait dans le lointain pays qui était le sien. C'était le meilleur dîner de sa vie, et ça n'avait rien à voir avec la viande et les pommes de terre qu'il avait mangées.

— Voulez-vous un dessert ?

Ne connaissant pas ses goûts, il en avait commandé toute une variété, depuis le gâteau aux trois chocolats jusqu'à la tarte aux pommes.

— Non, merci. La carpe farcie et le riz étaient excellents, et je n'ai plus faim. Merci. Mais comment saviez-vous que c'était mon plat favori ?

— Vous l'avez dit hier soir.

— Vraiment ? Et vous vous en êtes souvenu ?

— L'attention aux détails tient une place essentielle dans mon métier. Êtes-vous prête à écouter les orchestres ?

— Oui.

Elle quitta la table et s'assit sur le canapé.

— Ce sont tous les deux des orchestres de variété. Ils jouent des reprises de groupes de rock et de pop des années 1980, expliqua-t-il en s'installant à côté d'elle et en lançant la première vidéo.

Il connaissait le premier morceau, et leur reprise n'était pas mauvaise du tout. Tandis qu'ils l'écoutaient, il avait une conscience aiguë de la présence de la princesse à son côté. Elle était tout près de lui et très loin à la fois... Il mourait d'envie de réduire la distance qui les séparait. Il baissa les yeux sur la main de la princesse, posée sur le divan à côté de la sienne. Il suffirait qu'il bouge imperceptiblement les doigts pour l'effleurer...

— C'est bien, vous ne trouvez pas ?

Il leva les yeux.

— Oui, en effet. Vous voulez les entendre jouer un autre morceau ?

La princesse hocha la tête.

— Voyons s'ils ont un répertoire assez varié.

Il parcourut la vidéo en accéléré, s'interrompant de temps en temps pour écouter une minute ou deux. Le groupe était vraiment bon, mais il jouait toujours le même style de morceaux. Pour le gala, la princesse avait besoin d'un orchestre plus polyvalent.

— Écoutons l'autre.

Le deuxième groupe jouait du rock mais aussi du blues et il était aussi bon que le premier, sinon meilleur.

— Bien aussi, dit la princesse. Pouvez-vous avancer plus rapidement dans la lecture pour voir si son répertoire est plus varié ?

Il s'exécuta et repassa en lecture normale sur une reprise de Frank Sinatra. Pas de doute, celui-ci était plus polyvalent. Saisi d'une impulsion, il se leva et tendit la main à la princesse.

— Que faites-vous ? demanda-t-elle.

— Je vous invite à danser.

Les joues en feu, elle marqua une hésitation.

— Non, merci.

— Allez... Il faut que nous nous assurions qu'ils sont assez bons pour donner aux gens envie de danser, non ?

Elle roula les yeux.

— Allez, venez, insista-t-il en agitant les doigts.

Après une nouvelle hésitation, elle lui donna la main et se leva. Il l'entraîna au centre de la pièce et la prit dans ses bras. Au bout d'un moment, il l'attira un peu plus près de lui et son regard fut irrésistiblement attiré par sa bouche. Il oublia toutes les raisons pour lesquelles l'embrasser serait une très mauvaise idée. Il avait trop envie de savoir si ces lèvres pulpeuses étaient aussi douces qu'elles le paraissaient... Il céda à la tentation et l'embrassa. Elle ne réagit pas. Ne partagerait-elle pas son attirance ? Avait-il mal interprété son comportement pendant le dîner ? À cette pensée, il eut un pincement au cœur. Soudain il sentit les mains de la jeune femme glisser sur ses épaules, ses doigts se rejoindre sur sa nuque et s'enfoncer dans ses cheveux. Les ongles de la princesse effleurèrent son crâne, déclenchant des frissons le long de son épine dorsale. Elle lui répondait ! Il ne s'était pas trompé ! Tandis que leur baiser s'approfondissait, il se rendit à l'évidence. Il n'avait pas envie d'en rester là. Et, à en juger par ce baiser, il n'était pas exclu qu'elle partage son désir... Une aventure avec la princesse pendant les fêtes ? Pourquoi pas ? Il n'y aurait aucun risque qu'elle cherche à la transformer en relation durable puisqu'elle avait un royaume à gouverner loin de New York. Les vibrations de son téléphone dans la poche de son pantalon firent tressaillir Silas. La princesse s'arracha à ses bras, les yeux écarquillés comme si elle prenait conscience de ce qui venait de se passer.

— Je... Ça n'aurait pas dû arriver, bredouilla-t-elle, les joues en feu.

Elle prit son manteau sur le canapé.

— Il faut que j'y aille.

— Gisella, attendez. Parlons-en.

Elle secoua la tête avec vigueur.

— Il n'y a rien à dire. Promettez-moi de ne parler à personne de ce qui vient de se passer.

Devait-il être amusé ou offensé ?

— Je n'ai pas l'habitude de raconter ce genre de secrets.

— Bien.

Elle se dirigea vers la porte. Alors qu'elle saisissait la poignée, il demanda :

— Quel orchestre choisissez-vous pour le gala ?

— Le second.

C'était également son avis. Les musiciens et le chanteur étaient parfaits. Au point qu'ils en avaient tous les deux oublié le monde qui les entourait... Avant que Silas ait le temps de manifester son approbation, la porte se referma. Il resta seul avec la musique. Pour la première fois de sa vie, il était tenté de faire passer son attirance pour une femme avant ses affaires. Mais ce serait une grave erreur. Elle avait raison. Ce baiser n'aurait jamais dû avoir lieu. Quel prix allait-il payer pour avoir cédé à la tentation au lieu d'écouter son bon sens ?

6

Était-ce réellement arrivé ? Le lendemain, Gisella revivait encore et encore le baiser qu'elle avait échangé avec Silas. Elle avait eu un mal fou à s'endormir, trop troublée par ce souvenir. Et, quand elle avait fini par trouver le sommeil, celui-ci avait été peuplé de rêves dans lesquels Silas et elle ne se contentaient pas de s'embrasser… Elle devait passer la matinée à travailler, mais elle était incapable de se concentrer. L'image des yeux étincelants de Silas la poursuivait. Jamais personne n'avait posé sur elle un regard aussi intense. Un regard qui n'avait laissé aucune place au doute. Le désir qui l'avait enflammée dès qu'il l'avait invitée à danser était partagé. Oh ! comme il était tentant de céder à ce désir !

En tant que princesse héritière, elle était censée attendre son mariage pour avoir des rapports sexuels. C'était incroyablement sexiste. Elle se devait d'être la vertu incarnée alors que, lorsqu'il était prince héritier, son frère aîné avait au contraire été encouragé à faire les quatre cents coups pour libérer ses pulsions avant de monter sur le trône. Jusque-là, elle n'avait jamais été tentée de « libérer ses pulsions », mais sa rencontre avec Silas était en train de changer les choses…

— Votre Altesse ?

Eleanor, une des deux secrétaires adjointes, fixait sur elle un regard interrogateur. Elle fut assaillie par une bouffée de panique avant de se raisonner. Ses employées ne pouvaient en aucun cas savoir qu'elle était en train de penser à Silas.

— Oui, qu'y a-t-il ?

— C'est le site *Les Confidences de la Duchesse*. Un nouveau post vous concernant a été publié.

Gisella s'efforça de garder son sang-froid. Pas question que ses employées se rendent compte qu'elle redoutait les commentaires de ce site people.

— Je suis sûre que c'est sans importance.

— Il y a une photo de vous en train d'entrer dans l'immeuble de M. Cabot.

— Quoi ?

Irritée d'avoir laissé échapper cette exclamation, elle s'efforça de prendre un ton désinvolte.

— Je veux dire, quelles sottises ont-ils encore publiées ? Si je suis allée chez M. Cabot c'était pour visionner les vidéos des orchestres. C'était une réunion de travail, mais je suis sûre qu'ils ont présenté ça comme tout autre chose.

Eleanor et l'autre secrétaire adjointe, Pearl, échangèrent des regards entendus. Elle sentit son estomac se nouer. Quels mensonges avaient encore fabriqués ceux qui se cachaient derrière ce site ?

— Laissons la princesse tranquille un instant, intervint Stephanie, sa secrétaire privée.

— Merci.

Elle attendit que les trois jeunes femmes aient quitté sa suite avant de prendre son téléphone pour consulter *Les Confidences de la Duchesse*.

Gala en péril…

Elle ne put réprimer un gémissement. C'était faux ! Le problème de l'orchestre était résolu. Et, de toute façon, comment le site pourrait-il être au courant ? Elle avait parlé de ce contretemps à une employée restée au palais... Était-il possible que ses conversations téléphoniques soient écoutées ? À sa grande contrariété, un coup fut frappé à la porte.

— Pas maintenant !

On frappa de nouveau à la porte. Avec un soupir exaspéré, elle bondit. Si ce n'était pas important, on allait l'entendre ! Elle ouvrit la porte d'un geste vif et resta muette. Silas. Sublime en costume noir et chemise gris perle à col ouvert. Le cœur battant, elle dut faire un effort pour s'arracher à sa contemplation.

— Bonjour, entrez.

— Je n'avais pas l'intention de vous déranger, mais vous avez oublié ceci.

Il sortit de sa poche son écharpe en soie vert et rouge.

— J'ai pensé qu'elle vous manquerait.

— En effet.

Quand elle la prit, leurs doigts se touchèrent. Elle fut électrisée et son cœur s'affola de plus belle, mais elle s'efforça de l'ignorer.

— Merci beaucoup, dit-elle en serrant l'écharpe contre sa poitrine. C'est un cadeau de ma défunte tante et j'y tiens beaucoup.

— Je suis heureux de vous avoir rendu service.

Elle était tellement perturbée depuis leur baiser qu'elle n'avait même pas remarqué qu'elle n'avait plus son écharpe !

— Il faudra que je fasse plus attention la prochaine fois.

Elle laissa échapper cette remarque avant de prendre conscience de ce qu'elle impliquait. Pourquoi parlait-elle comme s'il y aurait une prochaine fois ? Elle ne pouvait pas se permettre de passer une autre soirée en tête à tête avec Silas.

— Vous deviez être très attachée à votre tante.

— Oui. Tante Jane était la sœur cadette de ma mère. C'était un boute-en-train. Elle riait beaucoup et elle adorait plaisanter.

Tout l'opposé de mes parents, ce qui la rendait d'autant plus intrigante. À vrai dire elle détonnait dans la famille royale, où tout le monde se doit de rester digne en toutes circonstances.

— Mais ce n'est pas à cause de l'écharpe que vous aviez cet air soucieux quand vous m'avez ouvert, n'est-ce pas ?

— Non. C'est à cause d'un nouveau post des *Confidences de la Duchesse*.

Devant l'air interloqué de Silas, Gisella précisa :

— C'est un site people très populaire à Rydiania. Ma famille est leur cible préférée. Apparemment, ils ont des sources bien informées sur tout ce qui concerne le palais. Il arrive même qu'ils publient des informations avant que tous les membres de la famille en aient eu connaissance. C'est vraiment très frustrant.

— Si ça vous contrarie à ce point, vous feriez mieux d'éviter de lire ses publications, non ?

Elle se hérissa.

— Ce n'est pas si simple. La plupart des Rydianiens consultent ce site régulièrement. Et ils croient tout ce qu'ils y trouvent. Même quand les prétendus scoops publiés sont des déformations de la réalité ou carrément de pures inventions. Vous ne pouvez pas imaginer les problèmes qu'ils ont posés au palais. Le mariage de mon frère avec la femme de sa vie a failli être annulé à cause des mensonges de la Duchesse.

— Pourquoi personne ne fait rien contre ce site ?

Elle soupira.

— Parce que personne ne sait qui se cache derrière.

— Je vois, commenta Silas sans pour autant avoir l'air de prendre le sujet très au sérieux. Qu'a dit la Duchesse aujourd'hui ?

— Je ne sais pas. J'étais sur le point de lire son dernier post quand vous êtes arrivé.

Elle prit son téléphone et lut le titre à haute voix.

— Ça ne paraît pas bien méchant.

— C'est perfide au contraire. Parce que ma réputation de future reine dépend de la réussite de ce gala. C'est la première fois que j'organise seule un événement de portée internationale. Je dois à tout prix me montrer à la hauteur de la situation. Mais quel besoin avait-elle de lui dire tout ça ? se morigéna-t-elle aussitôt.

— Je comprends. Qu'y a-t-il dans ce post ?

Elle lut à haute voix.

Votre plus éminente spécialiste de la famille royale de Rydiania a des nouvelles concernant notre future reine. Actuellement, la princesse Gisella se trouve à New York pour le gala d'Abeilles Sans Frontières. C'est le premier grand événement dont elle assume seule l'organisation. Si vous vous souvenez, l'année dernière le programme Abeilles Sans Frontières a été lancé à l'initiative du roi et le premier gala s'est déroulé ici, à Rydiania. Apparemment, ce n'était pas un lieu assez prestigieux pour la princesse, qui a décidé de déplacer la remise des prix à New York. Mais aujourd'hui le gala est en péril. Est-il vraiment si compliqué d'organiser une grande soirée pendant les fêtes ? Et si la princesse n'est pas capable d'organiser une soirée, comment pourra-t-elle un jour gouverner un royaume ?

Assaillie par une bouffée d'angoisse, Gisella déglutit péniblement. Le pire de tout c'était que les propos malveillants de la Duchesse reflétaient ses propres inquiétudes. *Et si le gala était un désastre complet* ?

— Hé.

Silas s'approcha d'elle et lui prit le menton.

— Ne faites pas attention à ce qu'ils racontent. Ce gala va être une réussite. Et vous serez une grande reine.

— Comment pouvez-vous dire ça ? Vous me connaissez à peine.

— Je sais que vous n'avez pas peur de dire ce que vous pensez ni d'exercer votre autorité. Vous dirigez avec le cœur une qualité qui manque à la plupart des chefs d'État.

— Ce n'est pas le propre d'un chef puissant.

— C'est celui d'un chef humain.

Oh ! comme elle avait envie de le croire ! Mais le pouvait-elle ? Quand elle était deuxième dans l'ordre de succession au trône elle était persuadée d'être capable de gouverner le royaume Mais à présent elle avait des doutes. Elle reporta son attention sur le site et fit défiler la page. Elle étouffa une exclamation. Il y avait une photo d'elle sortant de l'immeuble de Silas ! Il lui prit le téléphone des mains pour consulter l'écran.

— Comment ont-ils obtenu cette photo ?

— Je... Je ne sais pas. Qui pouvait savoir que j'étais chez vous hier soir à part mes gardes du corps ? Ce n'était pas l'un d'eux, ajouta-t-elle quand Silas arqua les sourcils.

— Comment pouvez-vous en être certaine ?

— Ils travaillent pour le palais depuis longtemps. Et le recrutement est très strict. Tous les candidats à un poste, quel qu'il soit, doivent être recommandés par quelqu'un qui travaille déjà au palais. Et de toute façon leurs références sont contrôlées avec rigueur.

— Malgré tout, il est possible que l'un d'entre eux se soit laissé tenter par une offre lucrative de la Duchesse.

Elle secoua la tête. Non, elle ne pouvait pas le croire. Et pourtant... Il s'était trouvé qu'un extra engagé pour le mariage de son frère était un espion de la Duchesse. Après qu'il avait été démasqué, le service de sécurité du palais estimait avoir éliminé tout risque de nouvelles fuites. Apparemment ce n'était pas le cas.

— Que dit la suite du post ? demanda-t-elle.

— Je ne pense pas qu'il soit nécessaire d'en lire davantage.

— Oh ! si.

Elle reprit le téléphone et poursuivit la lecture.

Il serait intéressant de savoir ce que faisait la princesse en tête à tête avec Silas Cabot. Ils discutaient affaires, tard dans la soirée ? Vraiment ?

Apparemment, notre princesse élargit ses horizons. Que prévoit-elle ensuite ? De continuer à enfreindre le protocole ? Peut-être vaudrait-il mieux qu'elle ne monte pas sur le trône. Peut-être n'est-elle pas digne de devenir reine.

La consternation de Gisella laissa vite place à la colère. Comment osaient-ils ? Ce post était encore plus venimeux qu'elle ne l'avait craint. Comme si la Duchesse lui en voulait personnellement. Était-il possible qu'elle la connaisse ? Aucune chance. Celui ou celle qui se cachait derrière ce site n'était sans doute qu'un ou une je-sais-tout dont la jalousie n'avait d'égale que l'imagination. Elle n'avait aucune envie de continuer à lire ce ramassis d'inepties, mais elle ne pouvait pas se permettre de l'ignorer. Les Rydianiens allaient lire ce post et croire que tout était vrai. Comment était-elle censée les prévenir qu'il ne contenait que des mensonges ? Enfin, pas tout à fait. Elle était bien allée chez Silas hier soir, mais c'était pour des raisons professionnelles. À l'exception de ce baiser brûlant, bien sûr...

Les Rydianiens ont besoin d'avoir confiance en leur future reine. Comment le pourraient-ils alors que la princesse Gisella néglige ses responsabilités pour jouer les touristes et plus si affinités ?

Gisella réprima un juron. Qui était cette Duchesse ? Et pourquoi avait-elle une dent contre elle ? Il fallait l'empêcher de continuer à publier ce mélange odieux d'indiscrétions et de mensonges. Mais comment ? Qu'un membre de son personnel soit impliqué, comme l'avait suggéré Silas, elle avait du mal à y croire.

C'est tout pour l'instant, chers admiratrices et admirateurs de la famille royale. Je garde un œil sur la princesse et je ne manquerai pas de vous tenir régulièrement au courant des dernières nouvelles. Je sais que cette situation vous préoccupe autant que moi. Nous ne pouvons pas accepter qu'une princesse frivole prenne les rênes de notre pays.

À suivre…

Bouillant de colère, Gisella laissa tomber son téléphone sur la table et se mit à arpenter la pièce.

— La Duchesse appelle pratiquement les Rydianiens à renverser la future reine avant qu'elle monte sur le trône. C'est très inquiétant ! Quand le roi va apprendre ça...

Elle fut interrompue par la sonnerie de son téléphone. Elle revint le prendre sur la table et réprima un gémissement. Justement, le roi...

— Gisella, ça va ? demanda Silas en s'approchant d'elle.

— Pourquoi cette question ?

— Parce que vous êtes toute pâle.

— Il faut que je réponde.

— Bien sûr.

Elle gagna sa chambre et ferma la porte.

— Gisella à l'appareil.

— Gisella, qu'est-ce que c'est que cette histoire à propos du gala ? Il y a un problème ? Pourquoi ne m'as-tu rien dit ?

— Parce qu'il n'y a pas de problème. Le post des *Confidences de la Duchesse* est une déformation de la vérité.

— Quelle est la vérité ?

— Il y a eu un problème de communication entre mes collaborateurs et ceux de Sil... M. Cabot. L'orchestre de Rydiania a annulé sa participation au gala pour des raisons médicales. Pendant un moment nous nous sommes retrouvés sans orchestre.

— Et maintenant c'est réglé ?

— Oui. Hier soir, j'ai eu une réunion avec M. Cabot pour visionner des vidéos d'orchestres. Nous en avons trouvé un qui est parfait. Non seulement ils sont très bons, mais ils ont un répertoire très éclectique. Je pense que tu approuverais ce choix.

— C'est pour ça que tu étais chez lui ?

Elle serra les dents. Tous ses faits et gestes étaient passés au crible. C'était insupportable ! Son frère n'avait sûrement jamais eu ce genre de problème.

— Oui, c'est pour ça. Dès que nous avons arrêté notre choix, je suis partie.

— Et vous n'auriez pas pu avoir cette réunion à son bureau ?

— Il était tard et nous avions faim. Si nous avions dîné au restaurant, ça aurait provoqué trop d'agitation.

— Et où se trouvait ta secrétaire privée ?

— Elle était libre pour la soirée après avoir travaillé une partie de la nuit précédente.

— Gisella, tu dois te soucier des apparences. Il est temps que tu rentres à Rydiania.

Quoi ? Il était sérieux ? Il lui ordonnait de rentrer à la maison comme si elle était une adolescente prise en faute ? Gisella suffoqua d'indignation.

— Non.

— Pardon ?

— Je ne rentre pas. Je ne me conduirai pas comme s'il y avait la moindre once de vérité dans les insinuations de la Duchesse. Si je fais ça, ma vie de reine sera terminée avant même que je sois couronnée. A-t-on des éléments nouveaux qui permettraient d'identifier les responsables de ce site ?

— Je crains que non.

— Dans ce cas, je suggère qu'on redouble d'efforts. Pourrais-tu ordonner une nouvelle vérification des références de chacun de mes gardes du corps ?

— Tes gardes du corps ? Tu crois qu'un espion se cache parmi eux ?

— Je ne sais pas. Mais il y a bien quelqu'un qui a pris cette photo de moi hier soir. Et la Duchesse semble un peu trop bien informée sur le gala. Ce n'est pas quelqu'un de l'extérieur qui a pu la renseigner.

— C'est peut-être un employé de l'agence de communication.

Elle réprima un soupir. Cette idée ne lui plaisait pas davantage.

— Tout est possible. J'ai juste besoin de savoir que je peux me fier à mes collaborateurs.

— Moi aussi. Je vais mettre une équipe là-dessus. Sois prudente.

— J'en ai bien l'intention. Je t'aime, papa.

— Je t'aime aussi.

Gisella retourna au salon, où elle trouva Silas en train de téléphoner. Il mit fin à son appel et la regarda d'un air inquiet.

— Tout va bien ?

Elle hocha la tête.

— Il n'y a pas de problème.

Pas vraiment exact, mais de toute façon il ne pouvait rien faire pour elle. Elle s'installa à la table.

— Avez-vous communiqué à l'imprimeur les corrections à effectuer sur le programme ?

Il hocha la tête.

— C'est fait.

— Et avez-vous pu régler les derniers détails avec la chaîne de télévision ?

— Oui. Il faut juste faire en sorte qu'ils aient assez de place pour leur matériel.

Elle ouvrit son ordinateur portable.

— Il semblerait que tout avance bien.

— Oui. Ne vous inquiétez pas. Rien ni personne ne va gâcher le gala.

Pourvu qu'il ait raison...

7

Il la plaignait de tout son cœur. Personne ne devrait être soumis à une telle pression. Le visage de Gisella était marqué par l'inquiétude et le stress. Il avait commis une erreur en l'invitant chez lui hier soir, mais il n'avait pas l'habitude d'avoir affaire à une princesse. Silas observait Gisella, concentrée sur l'écran de son ordinateur. Elle était comme un bel oiseau emprisonné dans une cage dorée. Il n'arrivait pas à s'imaginer à sa place. Même s'il n'y avait pas de barreaux à sa porte ni à ses fenêtres, elle devait se sentir entravée dans toutes ses initiatives. Il tira une chaise et s'assit.

— À quoi travaillez-vous ?

Elle lui lança un coup d'œil par-dessus le capot de son ordinateur.

— Je fais mes achats de Noël.

— En ligne ?

— Oui. Je rentrerai chez moi juste avant Noël. Le temps de faire au roi le compte rendu de mon voyage et de me mettre au courant des dernières affaires concernant le palais, il ne me restera plus un seul instant pour faire les magasins. Je dois donc me contenter de ça.

— Ça n'est pas très amusant.

— C'est du shopping. Ce n'est pas censé être amusant.

Il lui sourit alors qu'une idée germait dans son esprit.

— Mais ça pourrait l'être.

— Impossible. Je ne peux pas faire les magasins comme tout le monde. Mes gardes du corps doivent contrôler tous les endroits où je vais. C'est très compliqué pour moi de sortir dans des endroits publics.

— Il y a peut-être moyen de rendre les choses plus simples.

Une lueur d'intérêt s'alluma dans les yeux de la princesse.

— À quoi pensez-vous ?

— Avez-vous des rendez-vous aujourd'hui ?

Lorsqu'elle secoua la tête, il ajouta :

— Laissez-moi passer un coup de fil.

Elle lui lança un regard perplexe alors qu'il sortait son téléphone de sa poche avant de s'éloigner. Mieux valait qu'elle ne l'entende pas, au cas où un problème l'empêcherait de mettre son plan à exécution. Il fallait espérer que non. La princesse avait vraiment besoin de s'amuser un peu.

Elle ne devrait pas faire ça, elle le savait.

Mais elle en avait tellement envie... La princesse Gisella était assise dans un fauteuil dans un bureau de SC Public Relations. On lui avait fourni un jean délavé, un pull blanc et une paire de bottines noires. Des vêtements qui n'avaient rien à voir avec les tenues strictes qu'elle portait chaque jour pour travailler, qu'elle soit au palais ou ailleurs. Silas avait tout organisé. Elle avait été maquillée par une professionnelle, puis on lui avait mis une perruque blonde. Elle ne se lassait pas de se regarder dans le miroir. Le résultat était spectaculaire. Même sa mère ne la reconnaîtrait pas. La styliste lui tendit une paire de créoles en or. Elle n'avait jamais mis de boucles d'oreilles aussi grandes. Comme les vêtements, les bijoux qu'elle portait d'ordinaire étaient à la fois classiques et discrets. Il fallait reconnaître que se déguiser était très excitant. Après tout, c'était sans doute sa dernière chance de s'amuser un peu avant de monter sur le trône et d'assumer de lourdes responsabilités.

— Merci, dit-elle en prenant les boucles d'oreilles.

À cet instant on frappa à la porte.

— Entrez.

Elle mit les créoles avant de se retourner et de rencontrer le regard de Silas.

— Qu'en pensez-vous ?

— Où est passée la princesse ?

— Ha ha. Très drôle.

Il s'approcha.

— Je suis sérieux. Vous êtes métamorphosée. Il n'y a aucun risque qu'on vous reconnaisse.

— Donc, vous pensez que je peux aller faire des achats de Noël comme ça ?

— Bien sûr.

Elle passa les doigts dans son carré blond court.

— Je n'ai jamais été blonde. Allons voir si les blondes s'amusent vraiment plus.

Alors qu'elle se dirigeait vers la porte, Silas déclara :

— Pas par là. Nous sortons par-derrière.

— Oh ! d'accord. Mais nous ne pouvons pas nous absenter trop longtemps. Mes gardes du corps vont m'attendre.

— Il faut que vous laissiez votre téléphone là.

Il posa le sien sur le bureau.

— Ne vous inquiétez pas, il ne craint rien ici.

Elle sortit son téléphone de sa pochette, puis elle marqua une hésitation. Elle ne s'en séparait jamais. C'était un accessoire essentiel pour elle.

— Ne vous inquiétez pas, répéta-t-il. Je vais fermer le bureau à clé.

Elle posa son téléphone à côté du sien. Si elle ne voulait pas être localisée, il valait mieux ne pas l'emporter. Après tout, ce n'était que pour un petit moment. Elle prit son sac à main.

— Ce serait plus prudent de laisser aussi votre sac, déclara Silas.

— Vous n'êtes pas sérieux ?

Il haussa les épaules.

— C'est vous qui décidez, mais il vaudrait mieux éviter de prendre quoi que ce soit qui permette de vous identifier.

— Comment vais-je censée payer mes achats ?

— Je payerai tout et vous me rembourserez.

La perspective d'être redevable à Silas ne lui plaisait pas... Mais elle avait du liquide dans son portefeuille, se rappela-t-elle. Elle prit la liasse de billets et la mit dans sa poche.

— Allons-y, Cendrillon, avant que vous redeveniez une citrouille, plaisanta-t-il avec un sourire taquin.

— Hé ! Je ne trouve pas ça drôle.

Il pouffa.

— Ne vous inquiétez pas. Vous seriez une citrouille très mignonne.

Ils quittèrent le bureau, et il ferma la porte à clé. Puis il lui prit la main pour l'entraîner vers le monte-charge.

— Faisons que cette journée soit pleine de premières fois.

Pendant la descente vers le rez-de-chaussée, il ajouta :

— Ma voiture nous attend dans la ruelle.

Elle devrait dégager sa main de la sienne, se répétait-elle. Sauf qu'elle n'en avait aucune envie. Après tout, cette journée était pour elle une occasion unique de faire des choses inhabituelles. Pour l'instant, elle n'était plus la princesse héritière. Elle était...

— Au fait, comment vais-je m'appeler ?

Il lui lança un regard perplexe.

— Gisella.

— Non. Ce n'est pas un prénom très courant. Ça pourrait éveiller des soupçons.

— Citrouille.

Elle roula les yeux.

— Pourquoi pas Ariel ?

— Va pour Ariel.

Quelques minutes plus tard, ils étaient installés à l'arrière d'une berline noire aux vitres teintées. Pour la première fois depuis son arrivée aux États-Unis, elle pouvait enfin souffler un peu. Elle renversa la tête en arrière et ferma les yeux, laissant son esprit se vider de tous ses soucis. Elle n'était pas obligée de faire du shopping. Elle pourrait se contenter de rester à l'arrière de la voiture en compagnie de Silas, et ce serait très agréable. Plus elle le côtoyait, plus elle avait envie de passer du temps avec lui. Il fallait être prudente. Elle ne pouvait pas se permettre de tomber amoureuse de lui. Même si c'était un homme séduisant doublé d'un véritable héros, qui se mettait en quatre pour elle... Ça faisait beaucoup de qualités auxquelles il était difficile de résister.

— Pourquoi faites-vous tout ça ? demanda-t-elle.

— Quoi donc ? Vous emmener faire du shopping ?

— Et le changement de look. Je sais que vous avez beaucoup de travail. Pourquoi écourter votre journée pour passer du temps avec moi ?

Il lui prit la main et joignit ses doigts aux siens.

— Vous avez vraiment besoin de poser la question ?

Assaillie par le souvenir de leur baiser, elle rencontra son regard. Il serait si facile de se pencher vers lui et de poser les lèvres sur les siennes... Elle résista à la tentation.

— Ce qui s'est passé hier soir ne peut pas se reproduire. Vous le comprenez, n'est-ce pas ?

— Eh bien, Ariel, je ne me souviens pas vous avoir vue hier

soir. J'ai passé la soirée avec une belle princesse, ajouta-t-il dans un murmure en se penchant vers elle.

La caresse de son souffle chaud sur son oreille fit courir un frisson délicieux le long de son épine dorsale. Comment trouver le courage de lui dire d'arrêter de flirter ? Elle sourit.

— Où voulez-vous aller ?

— Dans un magasin de jouets. Je veux acheter un cadeau pour mon petit neveu.

— Quel âge a-t-il ?

— Il n'est pas encore né. Ma plus jeune sœur est enceinte et elle vit dans le sud de la France avec son mari. Je ne l'ai jamais vue aussi heureuse. Ils seront au palais pour Noël et je veux avoir quelque chose à leur offrir pour le bébé.

— Vous commencez tôt !

— Quoi donc ?

— À faire campagne pour être sa tante favorite.

Elle sourit.

— En effet.

8

Sourire aux lèvres, elle rayonnait. Gisella... non, Ariel prenait un plaisir manifeste à parcourir les allées. À la voir, il jurerait qu'elle n'était jamais entrée dans un magasin de jouets. Était-ce possible ? Il n'en avait aucune idée. Ils avaient commencé sans panier ni chariot, mais très vite ils avaient eu trop de jouets et de peluches à porter si bien qu'il était allé chercher un chariot. Quand elle aurait terminé ses achats, y aurait-il assez de place dans la voiture pour les contenir tous ? Rien n'était moins sûr. Alors qu'elle hésitait entre deux doudous décorés respectivement d'un flamant rose et d'un lama, il demanda :

— Vous êtes sûre que votre neveu a besoin de tout ça ?

— Tout n'est pas pour mon neveu.

— Pour qui d'autre ?

— Mary et Susie. Après avoir perdu leur maison, elles vont passer un Noël difficile. J'espère que ces cadeaux les réconforteront un peu.

Il la considéra avec un intérêt croissant. Décidément, elle était d'une délicatesse rare. Quand elle avait insisté pour qu'ils rendent visite à la petite fille et à sa mère à l'hôpital, il s'était d'abord demandé si ce n'était pas une sorte d'opération de communication. Mais en voyant avec quelle chaleur elle s'adressait aux enfants malades et à leurs familles, acceptant volontiers de faire des selfies, il avait compris que sa bienveillance n'était pas feinte. Quand il la regardait, il voyait la plus belle femme du monde. Sa beauté naissait du cœur et se répandait sur son visage. Il mourait d'envie de la débarrasser de son déguisement pour voir ses fascinants yeux gris-bleu à présent cachés derrière des lentilles marron. Avec ses faux cils et son maquillage chargé, elle était vraiment méconnaissable. D'ailleurs, depuis leur entrée dans ce magasin, elle n'avait attiré aucun regard curieux. Preuve que son déguisement était très efficace. Mais même déguisée elle était sublime. Et il mourait d'envie de la prendre dans ses bras...

Elle se tourna vers lui avec un ours en peluche violet dans les mains et fit la moue. Ses lèvres pulpeuses étaient trop tentantes. Il se rapprocha d'elle. Il avait le cœur battant et, pour la première fois de sa vie, il ne savait pas quoi dire. Mais après tout, pourquoi parler ? Se penchant vers elle, il captura sa bouche. Lorsqu'elle répondit à son baiser, son cœur se mit à battre à coups redoublés. Du calme... S'il cédait à la tentation de refermer les bras sur elle, le contrôle de la situation risquait de lui échapper. Or, ils étaient dans un endroit public.

Derrière eux, quelqu'un s'éclaircit la voix.

— Excusez-moi.

Gisella s'écarta vivement de lui. Il déplaça leur chariot pour dégager le passage tout en l'observant du coin de l'œil. Avec ses joues en feu elle était encore plus adorable...

Lorsqu'ils eurent réglé les achats, il aida le chauffeur à les mettre dans le coffre, puis il la rejoignit sur la banquette arrière. La cloison de séparation étant fermée, ils pouvaient discuter en toute discrétion. Il devrait sans doute s'excuser pour son baiser impromptu, même s'il ne regrettait rien.

— Gisella...

Avant qu'il ait le temps de poursuivre, elle se pencha vers lui et l'embrassa. Il lui répondit avec fougue. Jamais il n'avait désiré une femme à ce point... Le cœur battant à grands coups, il murmura contre ses lèvres :

— Allons chez moi.

Elle eut une hésitation.

— Je ne peux pas.

— Bien sûr que si. Personne ne te reconnaîtra.

— Mais mes gardes du corps vont se rendre compte de mon absence. D'ailleurs, il y a déjà trop longtemps que je suis partie.

Il réprima un soupir de frustration. C'était insensé. Il devait bien y avoir un moyen pour eux de rester en tête à tête sans avoir à se préoccuper de ses gardes du corps !

— Et ce soir ?

— Ce soir ?

— Tu ne pourrais pas quitter discrètement ta suite ? Tes gardes du corps ne campent pas devant ta porte, je suppose ?

— Non, bien sûr. Leurs chambres sont à l'autre bout du couloir. Nous avons réservé tout l'étage pour des raisons de sécurité.

— Tu pourrais donc mettre ton déguisement et prendre l'escalier.

— Tu es sérieux, n'est-ce pas ?

— Bien sûr.

Était-il le seul à vouloir aller plus loin ?

— À moins que tu n'en aies pas envie.

— Je ne sais pas. Je n'ai jamais faussé compagnie à mes gardes du corps et voilà que tu me pousses à le faire deux fois dans la même journée.

— Tu devras juste te débrouiller pour quitter discrètement l'hôtel. Ma voiture t'attendra devant. Nous t'emmènerons et nous te ramènerons sans que personne ne se rende compte de ton absence.

Elle lui caressa la joue, puis effleura ses lèvres du bout

d'un doigt. Il saisit celui-ci entre ses dents puis le suça. Elle écarquilla les yeux, visiblement stupéfaite. Il libéra son doigt.

— T'ai-je convaincue ?

— Je ne sais pas... il faudrait peut-être essayer de faire mieux...

Il referma les bras sur elle et l'attira contre lui.

— C'est à ça que tu penses ? murmura-t-il contre ses lèvres.

Leur baiser devint aussitôt brûlant. Il n'avait aucune envie d'attendre cette nuit pour la revoir... Mais, pour passer quelques heures en tête à tête avec elle, il était prêt à endurer cette torture.

Elle ne tenait pas en place.

Elle avait beau tenter de se concentrer sur l'écran de son ordinateur, elle ne pensait qu'à Silas. Il était dangereux. Il aimait le risque, alors que de son côté elle croyait au respect des règles. Comme il se devait pour une princesse héritière. Si elle avait le moindre soupçon de bon sens, elle aurait refusé de le rejoindre ce soir. Elle ne serait pas en train d'attendre que la voie soit libre. Elle n'aurait pas déjà réfléchi aux excuses qui allaient lui permettre de passer soi-disant la soirée seule dans sa chambre pour se reposer. Qu'avait-elle donc dans la tête ? Que lui prenait-il de se conduire comme une adolescente amoureuse du garçon le plus séduisant du lycée ? La vérité, c'était que jusque-là elle n'était jamais tombée amoureuse. Parce qu'elle savait que ses parents avaient déjà programmé son avenir ? Et qu'il n'y avait pas la moindre place pour l'amour dans ce programme ? La sonnerie de son téléphone arracha Gisella à ses pensées. Qui pouvait l'appeler ? Elle avait dit à sa secrétaire privée et ses adjointes qu'elles pouvaient prendre leur soirée pour aller au théâtre. En voyant le nom de sa plus jeune sœur s'afficher à l'écran, elle répondit aussitôt.

— Cecelia, tout va bien ?

— Oui, tout va bien pour moi et pour ton neveu. C'est un petit garçon très actif. Du moins quand il n'est pas assis sur ma vessie...

— Tant mieux. J'ai hâte de le tenir dans mes bras.

— Tu n'as plus très longtemps à attendre.

— Pourquoi appelles-tu ?

— Je voulais juste prendre de tes nouvelles. Je ne te dérange pas ?

— Non, pas du tout.

Au contraire, songea Gisella. Ce coup de téléphone ne pouvait pas mieux tomber. Cecelia était non seulement la plus jeune de la famille mais aussi la plus aventureuse. Dans sa vie, elle accordait deux parts égales à son devoir envers la Couronne et à son épanouissement personnel. Elle avait pris l'habitude de faire des escapades qui rendaient fous leurs parents. Lors de la dernière, elle était partie incognito pour le sud de la France et elle y avait rencontré son mari. Cecelia était la personne la plus à même de comprendre le dilemme devant lequel elle se trouvait ce soir.

— Tout va bien ? demanda Cecelia.

— Pourquoi cette question ?

— Tu sembles bizarre.

C'était le moment ou jamais d'expliquer à sa sœur ce qui se passait. Mais avait-elle envie que celle-ci l'encourage à commettre cette folie ou tente au contraire de l'en dissuader ?

— Je peux me confier à toi ?

— Bien sûr.

— Mais il faut que ça reste entre nous. Tu ne dois pas en parler à ton mari et encore moins à quelqu'un de la famille.

— Là tu m'inquiètes. Tu peux avoir confiance en moi, bien sûr.

Gisella raconta tout à Cecelia, depuis sa première rencontre avec Silas jusqu'à leur escapade de l'après-midi.

— Waouh. Et Matis ? Vous ne devez pas vous marier ?

— Si.

— Mais tu n'en as pas envie, n'est-ce pas ?

Gisella soupira. Pendant longtemps, elle avait décidé d'ignorer ce qu'elle ressentait en se répétant que la seule chose qui comptait c'était son devoir envers la Couronne. Mais elle était en train de découvrir qu'il n'y avait pas que la Couronne dans la vie. En n'étant pas honnête avec elle-même, elle ratait beaucoup de choses.

— Non, en effet. Je n'ai rien contre lui, mais je n'imagine pas passer le reste de ma vie avec lui. Je n'ai même pas envie de l'embrasser.

— Tu ne l'as pas encore fait ?

— Non. Et je pense que de son côté il n'en a pas envie non plus.

— Je vois. Mais tu aimes embrasser Silas ?

J'adore ça !

— Oui.

— Et tu te sens bien avec lui ?

— Comme jamais auparavant.

— Alors tu devrais aller le retrouver et profiter de cette soirée avec lui. Tu ne t'es jamais accordé la liberté de découvrir ce qui te rend vraiment heureuse. Je pense que c'est le moment ou jamais.

— Mais je me méfie des *Confidences de la Duchesse*. Je ne sais toujours pas qui est à l'origine des fuites. Silas pense que c'est peut-être quelqu'un de mon équipe.

— Ton déguisement était si réussi que tu as pu faire du shopping dans New York sans que personne ne te reconnaisse, n'est-ce pas ?

— Oui. J'ai même consulté *Les Confidences de la Duchesse* à mon retour dans ma suite, mais il n'y avait aucun nouveau post.

Elle avait vérifié régulièrement toute la soirée au cas où, mais il n'y avait toujours rien.

— C'est toi qui décides, bien sûr, déclara Cecelia. Mais je pense vraiment que tu devrais t'accorder cette soirée avec lui. Demain tu pourras redevenir la princesse héritière irréprochable. Personne ne saura rien.

Les deux sœurs discutèrent encore quelques instants, puis Gisella vérifia que sa secrétaire privée et ses adjointes étaient sorties et ne rentreraient que tard dans la nuit. Elle prévint ses gardes du corps qu'elle se couchait tôt parce qu'elle avait la migraine et qu'elle ne voulait pas être dérangée. Puis elle se maquilla en suivant les conseils que lui avait donnés la maquilleuse. Le résultat n'était pas parfait, mais il devrait faire illusion. Ensuite, elle mit la perruque blonde. Silas lui avait dit qu'il enverrait quelqu'un à son étage pour détourner l'attention de ses gardes du corps le temps qu'elle se glisse dans le couloir pour prendre l'escalier. Comme convenu il l'attendrait dehors dans sa voiture. Jamais elle n'avait eu une conduite aussi extravagante, et voilà qu'elle s'apprêtait à fuguer pour la deuxième fois dans la même journée. Elle était fin prête, il ne restait plus qu'à attendre le signal de Silas.

9

Son projet de fusion était menacé. Après des années de travail acharné pour développer sa société sur la côte Est, où il avait désormais plusieurs bureaux, il était sur le point de réussir à s'implanter sur la côte Ouest. Pourquoi s'était-il laissé distraire par la princesse ? Il n'aurait pas dû faire l'école buissonnière tout l'après-midi. S'il était resté à son bureau, il aurait reçu l'appel du dirigeant de la société californienne avec laquelle il voulait fusionner. Celui-ci s'inquiétait après avoir lu que le gala était compromis. Quand il l'avait rappelé en visioconférence pour lui assurer que l'organisation du gala se déroulait comme prévu, il lui avait opposé les rumeurs colportées par *Les Confidences de la Duchesse* et reprises par plusieurs médias. Il l'avait informé qu'il examinait la proposition de fusion d'une autre société. La nouvelle lui avait fait l'effet d'un coup de poing dans l'estomac. Il était hors de question qu'il se fasse griller par un concurrent. En désespoir de cause, il l'avait invité au gala. Devant son manque d'enthousiasme, il lui avait dit qu'il le présenterait à la princesse. En principe elle ne devrait pas y voir d'inconvénient. Après tout, ils avaient passé l'après-midi ensemble et ils avaient rendez-vous pour la soirée. C'était vraiment rageant d'avoir réussi à hisser son agence de communication au rang des plus dynamiques du pays et d'être obligé de faire ses preuves comme un débutant !

Mais le jeu en valait la chandelle. Une fois la fusion effectuée, sa société serait le numéro un dans son secteur, d'est en ouest.

Après cette conversation téléphonique tendue, Silas avait organisé la soirée avec l'aide de son assistante. Il voulait que Gisella passe un moment inoubliable. À présent il l'attendait devant l'hôtel, comme prévu. Pourvu que son déguisement reste efficace et lui permette de s'éclipser sans être remarquée... Il avait très envie de monter la chercher, mais si un de ses employés le voyait elle serait dans l'embarras. Les minutes s'écoulaient, interminables. Avait-elle été surprise par ses gardes du corps ? Il n'aurait peut-être pas dû la pousser à le rejoindre ce soir. Mais elle avait répondu à son baiser avec une telle passion... Dans ses yeux, il avait lu une envie folle de liberté. Il tenait à lui offrir une soirée magique. Sauf qu'elle n'arrivait toujours pas. Il sentit son estomac se nouer. Il ne voulait surtout pas lui attirer des ennuis. Il sortit son téléphone pour lui envoyer un message. Tout en tapant, il jeta un coup d'œil dehors. Enfin ! Elle sortait de l'hôtel. Son déguisement était parfait et personne ne lui prêtait attention. Quand elle fut enfin à côté de lui, il déclara :

— Tu es magnifique.

— Merci.

— Tu as réussi à sortir sans attirer l'attention ?

— Oui.

Elle se laissa aller contre le dossier en expirant longuement. Il lui prit la main et elle lui sourit. Il sentit son cœur faire un petit bond étrange, mais il choisit de ne pas s'y attarder. Quelques minutes plus tard, il lui ouvrit la porte de son penthouse. Elle franchit le seuil et s'immobilisa presque aussitôt. Pendant qu'il enlevait son manteau elle resta immobile, les yeux fixés sur le sapin de trois mètres qui se dressait devant la baie vitrée, paré de guirlandes lumineuses blanches.

— Je ne comprends pas. Hier il n'y avait pas d'arbre...

— En effet. Mais aujourd'hui il y en a un et j'ai pensé que tu pourrais m'aider à le décorer.

Il indiqua les boîtes de décorations posées sur la table. Elle le considéra avec perplexité.

— Tu m'as dit que tu ne faisais jamais d'arbre de Noël...

— Moi non, mais toi oui. Et je sais que ta famille te manque pendant cette période de fêtes. Je me suis dit que ça te ferait peut-être plaisir.

Le visage de Gisella s'éclaira.

— Tu as fait ça pour moi ?

— Oui.

Jamais il n'avait eu ce genre d'attention pour une femme. Le sourire ravi de Gisella était la plus belle des récompenses. Il prit une télécommande pour allumer la guirlande qui ornait le manteau de la cheminée, puis il alluma la cheminée elle-même. Il se dirigea vers la table basse pour allumer les trois bougies posées dessus, puis il lança *White Christmas* en sourdine sur la chaîne. Il aida Gisella à enlever son manteau et le déposa sur un des canapés.

— As-tu dîné ?

— Oui. J'espère que tu ne m'en veux pas.

— Pas du tout. Ça nous permet de passer directement à ça.

Il lui tendit la main.

— M'accordes-tu cette danse ?

— Avec joie !

Il l'attira vers lui. Comme c'était bon de sentir son corps contre le sien... Il huma les notes de lavande de son parfum, et les contrariétés de la journée s'estompèrent. Elle posa la tête sur son épaule. Oh ! comme c'était bon... Il pourrait s'habituer très vite à la tenir dans ses bras. Elle semblait faite pour ça. À la fin de la chanson, elle s'écarta de lui.

— Merci pour cette journée. Tu ne peux pas savoir à quel point je l'ai appréciée.

— Moi aussi.

Il plongea son regard dans le sien. Ce soir elle n'avait pas mis ses lentilles marron, et il pourrait se noyer dans les profondeurs de ses yeux gris-bleu. Il mourait d'envie de l'attirer de nouveau contre lui et de l'embrasser, mais mieux valait se refréner. Il ne voulait surtout pas qu'elle pense qu'il ne l'avait invitée chez lui que pour ça. Il avait prévu d'autres choses pour la soirée.

— Ça te dit de m'aider à décorer l'arbre ? s'enquit-il en se dirigeant vers les boîtes posées sur la table.

— Avec plaisir. Mais d'abord, peux-tu me dire où se trouve la salle de bains ?

Quelques minutes plus tard, Gisella revint sans sa perruque et démaquillée. Même sans le moindre fard elle était d'une beauté inouïe.

— Tu vas te remaquiller entièrement avant de partir ? lança-t-il.

— Non. J'ai trouvé très amusant de me déguiser, mais c'est fini. Je ne veux pas continuer à me cacher. Si on me voit rentrer, j'assumerai.

Il sourit.

— Ça me paraît une excellente idée. Et si tu as besoin de soutien, tu sais que je suis là.

— Merci, mais ça ira.

Alors qu'ils commençaient à décorer le sapin, il demanda :

— Ça te plaît de passer les fêtes en ville ?

— Oui. Grâce à toi, répondit-elle en ouvrant un carton de boules argentées.

— Y a-t-il quelque chose que tu n'as pas encore fait et dont tu aurais envie ?

Elle le regarda d'un air surpris.

— Non, ça va.

— Allons, il y a bien quelque chose de spécial que tu as envie de faire à New York.

Il vit s'allumer dans ses yeux une lueur furtive qui le poussa à insister :

— Qu'est-ce que c'est ?

— Rien.

— Si, dis-moi.

— On ne t'a jamais dit que tu étais têtu ?

Il esquissa un sourire.

— Peut-être. Allez, parle.

— D'accord. J'avais très envie de voir les Rockettes, mais leur spectacle est complet.

— Tu es sûre ?

Elle hocha la tête tout en cherchant les crochets pour les boules. Ils passèrent un long moment à décorer le sapin. Il fixait les crochets aux décorations, et elle disposait celles-ci dans l'arbre. Il prit du recul pour avoir une vue d'ensemble.

— Il est beau.

Elle se plaça à côté de lui.

— Il manque quelque chose.

— Ah bon ?

— Il manque l'ange tout en haut.

Gisella prit sur la table la boîte contenant l'ange. L'ange qu'il avait acheté sur l'insistance de son assistante. Gladys avait eu raison, apparemment. Il lui devait une super prime de Noël.

— Tu peux me tenir l'escabeau ?

— Bien sûr.

Elle monta dessus et mit l'ange en place avant d'allumer les lumières qu'il tenait dans ses mains.

— Qu'est-ce que ça donne ?

Silas s'écarta d'un pas pour mieux voir.

— C'est parfait.

Elle commença à descendre de l'escabeau, mais à cause de

ses talons aiguilles elle perdit l'équilibre deux marches avant d'atteindre le sol. Il se précipita. Elle tomba dans ses bras et noua les siens derrière sa nuque. Il déposa un baiser sur ses lèvres, puis il la posa sur ses pieds et la prit par la main pour l'emmener dans la cuisine.

— Viens.

— Qu'allons-nous faire ?

— Des biscuits de Noël.

Elle éclata de rire.

— Tu parles sérieusement ?

— Bien sûr. Que serait Noël sans biscuits ?

— Tu sais les faire ?

— Absolument pas.

— Moi non plus !

— Je m'en doutais.

Il sortit du réfrigérateur un tube de pâte à biscuits.

— J'ai donc acheté des biscuits prêts à cuire. Tu crois que tu peux allumer le four pendant que je cherche les plaques ?

Confectionner des biscuits n'était pas du tout ce qu'il avait envie de faire. Mais Gisella était une princesse et il ne voulait pas précipiter les choses. Il n'était même pas certain de la direction que prenait leur relation, même s'il avait des idées très précises à ce sujet.

Décoration d'arbre de Noël et confection de biscuits de Noël. Deux jours plus tard, ce souvenir poursuivait Gisella. Elle avait passé une soirée fantastique, très différente de la soirée plus intime à laquelle elle s'attendait. Quand il décorait les biscuits, Silas était si concentré qu'il fronçait les sourcils. Mais à un moment il s'était arrêté pour la regarder et il avait pouffé en voyant la pagaille qu'elle avait mise sur la table. Lorsqu'ils avaient tendu la main au même instant vers le sucre glace, leurs doigts s'étaient touchés. Elle avait reçu une décharge qui était remontée le long de son bras et son cœur s'était affolé. Leurs regards s'étaient rencontrés et le temps s'était arrêté. En devenant reine, devrait-elle renoncer à vivre ce genre de moments magiques ? Refusant de s'attarder sur ces questions, elle les chassa de son esprit. Du moins elle essaya. Silas lui avait ouvert les yeux sur tout ce qu'elle risquait de rater en laissant en permanence le devoir lui dicter sa conduite. Ils avaient bavardé avec animation pendant toute la soirée. Il lui avait raconté que lorsqu'il était enfant sa mère passait toute la semaine précédant Noël à cuisiner. Puis, la veille de Noël, il allait avec elle apporter des plateaux de biscuits aux voisins. Elle n'avait aucun souvenir de ce genre. Sa mère savait à peine où se trouvait la cuisine et elle était incapable de confectionner un gâteau. Mais il était vrai qu'elle avait des tas d'autres compétences, très utiles pour améliorer la vie des gens tout au long de l'année. Silas ne faisait jamais allusion à son père. Pourquoi ? Elle s'était bien gardée de poser la question. S'il avait eu envie d'en parler il l'aurait fait.

Ces deux derniers jours, ils avaient mis au point la liste des morceaux que jouerait l'orchestre. Un mélange de chants de Noël et de morceaux modernes. Ils avaient également finalisé le placement des invités. Ce qui n'était pas une mince affaire. Parmi eux, il y avait des politiciens, des célébrités, des journalistes et des scientifiques. Il n'était pas facile de trouver pour chaque table un équilibre harmonieux.

Ils venaient de finir les plats qu'ils avaient commandés pour déjeuner dans le bureau quand Silas demanda :

— Que dirais-tu de te détendre un peu ce soir ?

— Je ne sais pas... Il reste encore beaucoup de choses à faire avant le gala.

— Nous avons suffisamment avancé pour pouvoir sortir.

— Chut...

Elle jeta un coup d'œil autour d'eux pour s'assurer que personne ne pouvait les entendre.

— Je pense que je ferais mieux de vérifier les derniers détails.

— Même si je te dis que j'ai des billets pour le show de Noël des Rockettes au Radio City Music Hall ?

Elle resta bouche bée.

— Mais c'est complet depuis des mois !

— Oh ! je connais quelqu'un qui connaît quelqu'un.

— Dommage que je ne puisse pas t'embrasser ici...

— Ça veut dire que tu viendras avec moi ?

Elle hésita.

— Je ne sais pas. Je ne peux pas prendre le risque de m'attirer de nouvelles critiques dans les médias. Je ne sais toujours pas qui m'espionne.

— Mais risques-tu d'être critiquée pour aller au spectacle ? Réfléchis. Les Rydianiens veulent-ils une reine qui soit tout le temps sérieuse ? Ou une reine souriante, capable de se détendre comme les gens normaux ? Quelqu'un à qui ils puissent s'identifier ?

— Je n'avais pas considéré le problème de ce point de vue.

Ses parents estimaient que les membres de la famille royale devaient garder une part de mystère. Ils restaient très discrets sur leur vie privée. En fait, ils partageaient aussi peu de choses que possible avec le public. Avait-elle envie de commencer son règne de la même manière ? Le site des *Confidences de la Duchesse* aurait-il autant de succès si sa famille dévoilait davantage de choses sur sa vie ? Vu son immense popularité, il semblait évident que les Rydianiens avaient envie de se sentir plus proches de la famille royale. Le moment était peut-être venu de laisser un peu plus de place à la transparence. En tout cas, c'était un sujet auquel elle avait l'intention de réfléchir sérieusement.

— Alors, allons-nous au spectacle ? Ou dois-je donner les billets ? demanda Silas avec une lueur d'espoir dans les yeux.

— J'ai très envie d'y aller avec toi.

— Tu penses pouvoir de nouveau t'éclipser discrètement ?

— Non, cette fois, je ne me cacherai pas.

— Tu es sûre ?

— Absolument. L'idée de faire les choses en douce ne me plaît pas.

— Cette sortie en public posera-t-elle un problème à ta famille ?

— Je ne pense pas, mais même si c'est le cas, je suis adulte et capable de prendre mes propres décisions. Après tout, je serai bientôt responsable d'un royaume. Il me semble que je peux choisir d'aller au spectacle si j'en ai envie.

Un sourire approbateur éclaira le visage de Silas.

— Alors ce soir nous sortons ensemble.

— Oui.

Il ne lui restait plus qu'à prévenir son personnel, songea Gisella. Sans préciser quel genre de rendez-vous elle avait avec Silas. Elle expliquerait simplement que c'était un homme courtois et qu'il souhaitait lui montrer New York. Après tout, ça pouvait passer pour une démarche innocente.

10

Quelle soirée ! Gisella était sur un petit nuage au côté de Silas, qui l'escortait à travers la ville. Il y avait des paparazzis qui les prenaient en photo, mais il avait le don de la mettre à l'aise. Pendant le dîner, il l'avait fait rire en lui racontant les escapades qu'il faisait pendant son enfance. Quant aux Rockettes, elles étaient encore plus impressionnantes qu'elle ne l'imaginait. Alors qu'ils venaient de s'installer à l'arrière de la voiture, elle posa la main sur celle de Silas.

— Merci, c'est une soirée que je n'oublierai jamais.

— Moi non plus, répliqua-t-il en lui pressant la main.

Elle fut assaillie par une bouffée de joie. Jamais elle ne s'était sentie aussi bien avec quelqu'un. Malheureusement, elle devait prendre soin de ne pas trop s'attacher à lui. Bientôt le devoir lui imposerait d'épouser un autre homme. Dès que cette pensée traversa son esprit, elle la refoula résolument. Pas question de laisser quoi que ce soit gâcher cette soirée.

— Où allons-nous ? demanda-t-elle en regardant par la vitre les illuminations de Noël.

— J'ai une surprise pour toi.

— Encore une surprise ?

— Oui. Et ne me demande pas ce que c'est parce que je ne te le dirai pas.

— Même si je te supplie ?

— Même si tu me supplies.

Elle se cala contre le dossier. Il faisait froid, mais il ne neigeait pas. Cependant, même sans flocons, New York semblait prête à recevoir la visite du Père Noël. Il régnait dans la ville une animation qu'elle n'avait jamais ressentie à Rydiania. La voiture s'arrêta. On lui ouvrit la portière, et elle descendit sur le trottoir au pied de l'Empire State Building. Elle leva la tête pour mieux contempler le majestueux gratte-ciel.

— Tu as déjà visité l'Empire State Building ? demanda Silas.

— Non.

Ils pénétrèrent dans l'immeuble. Il lui expliqua qu'ils avaient un peu de temps avant l'heure à laquelle leurs réservations leur permettraient de monter à l'observatoire. Elle prit connaissance avec intérêt de l'histoire du gratte-ciel et elle trouva très amusante l'exposition sur King Kong. Les gens les regardaient, mais à son grand soulagement personne ne les dérangea pour leur demander des selfies ou des autographes. Leur soirée aurait-elle droit à une publication des *Confidences de la Duchesse* ? Elle chassa cette question de son esprit dès qu'elle y surgit. Non, pas question de laisser la Duchesse gâcher cette soirée.

Quand ce fut l'heure, ils montèrent à l'observatoire en plein air du quatre-vingt-sixième étage. Il y avait du vent, mais avec Silas à son côté elle ne souffrait pas trop du froid, et la vue sur les lumières de la ville était magnifique. Il l'entraîna vers une des bornes de jumelles payantes, dans laquelle il inséra quelques pièces. Le spectacle était très impressionnant.

— Tu devrais regarder, dit-elle à Silas. C'est un spectacle fantastique.

— J'ai déjà le plus beau des spectacles sous les yeux.

— Chut...

Elle jeta un œil autour d'eux pour s'assurer qu'aucune oreille indiscrète n'avait pu l'entendre. À son grand soulagement, personne ne semblait leur prêter attention.

— Merci. Et maintenant, regarde.

Il remit des pièces dans la borne et contempla à son tour la ville. Quand il eut terminé, il murmura :

— C'était un beau spectacle, mais je continue à préférer celui que j'ai juste devant moi.

Elle sentit ses joues s'enflammer.

— Celui que j'ai devant moi n'est pas mal du tout non plus, répliqua-t-elle à voix basse.

Elle eut le sentiment qu'il était tenté de l'embrasser, comme elle en avait envie elle aussi. Mais dans un endroit public il n'en était pas question. Pour faire diversion, elle prit son téléphone.

— Faisons un selfie.

— D'accord.

Ils tournèrent le dos à la ville, mais elle eut beau étirer son bras, elle ne parvint pas à les avoir tous les deux complètement dans le cadre.

— Rapproche-toi, demanda-t-elle. Encore un peu plus.

Il inclina la tête contre la sienne.

— Parfait.

Cette photo, elle la regarderait encore longtemps après avoir quitté New York. C'était la plus belle soirée de sa vie.

Il n'avait jamais passé une soirée aussi fantastique. Gisella était une femme exceptionnelle, et ça n'avait rien à voir avec son rang de princesse. Il n'avait aucune envie que la soirée s'achève. Le gala aurait lieu dans quelques jours, et ensuite elle s'en irait. Il voulait passer autant de temps que possible avec elle.

— Viens. J'ai une autre surprise pour toi.

— Une de plus ? Tu me gâtes !

Il lui prit la main et l'entraîna vers un ascenseur. Il avait soudoyé l'employé pour qu'il les laisse monter seuls au sommet. Il avait besoin de passer un moment de cette soirée spéciale seul à seul avec elle, loin des regards curieux.

— Un ascenseur tout en verre ! s'exclama-t-elle quand la porte se referma derrière eux. Et il n'y a que nous ?

— Je trouve qu'un petit moment en tête à tête s'impose.

— Mais l'ascenseur monte ! Je ne savais pas qu'on pouvait aller plus haut.

— Tu vas voir.

Au cent deuxième étage, l'ascenseur s'ouvrit sur une plate-forme plus petite que celle qu'ils venaient de quitter mais entièrement vitrée, du sol au plafond. La vue à 360° était à couper le souffle. Silas n'était jamais monté jusque-là, et c'était une grande joie de faire cette expérience en compagnie de Gisella.

— Nous sommes au sommet du monde ! s'exclama-t-elle. Regarde, on voit la statue de la Liberté.

— J'ai l'impression que la surprise te plaît.

— Oh oui. Beaucoup.

Elle se tourna vers lui et se hissa sur la pointe des pieds pour déposer un baiser sur ses lèvres. Ils s'enlacèrent, et leur baiser s'approfondit. Pour la première fois de sa vie il se sentait réellement épanoui. Pendant des années il s'était concentré sur son travail avec un seul objectif. Donner toujours plus d'envergure à sa société. Il pensait qu'une fois devenu un des chefs d'entreprise les plus prospères du pays il serait comblé. Il ne l'avait jamais été. Jusqu'à aujourd'hui. Gisella remplissait son cœur de joie et apportait ce qui manquait à sa vie.

Il prit son visage entre ses mains. Ses joues étaient froides. Au même instant, de gros flocons apparurent derrière les baies vitrées.

— J'espère que tu as passé une bonne soirée, dit-il.

— Je n'ai jamais passé une soirée aussi merveilleuse. Je n'ai pas envie qu'elle se termine. Malheureusement, il le faut.

Il consulta sa montre.

— Il n'est pas très tard. Tu veux venir chez moi ?

Devant le regard inquiet de Gisella, il précisa :

— La voiture entrera dans le garage privé, puis nous monterons jusqu'à mon appartement par un ascenseur express. Personne ne te verra. Nous boirons un chocolat chaud devant l'arbre de Noël.

La lueur d'inquiétude disparut des yeux de Gisella.

— D'accord.

Quelques instants plus tard ils étaient dans la voiture, en route vers chez lui. Celle-ci pénétra sans encombre dans le garage. À part les gardes du corps de Gisella, personne ne les vit monter dans son ascenseur privé. Comme promis, il confectionna un chocolat chaud gourmet qu'il avait acheté en pensant à elle. Ils s'installèrent sur le canapé, en face de l'arbre illuminé et de la cheminée allumée. Jamais il ne s'était senti aussi bien chez lui. Mais Gisella avait encore les joues et le nez rouges à cause du froid, constata-t-il.

— Je vais te chercher une couverture.

— Ce n'est pas nécessaire.

— J'en ai pour une minute.

Quand il revint dans le salon, elle contemplait la cheminée.

— À quoi penses-tu ? demanda-t-il en s'asseyant à côté d'elle.

— Je me disais que j'étais si bien devant l'arbre et la cheminée en ta compagnie, que je pourrais rester toute la nuit.

— Ça me paraît une bonne idée.

Il passa le bras autour de ses épaules et l'attira contre lui.

— Pourquoi ne resterais-tu pas ?

— Parce que je ne peux pas.

— Je ne vois personne venir pour t'emmener de force.

— Crois-moi, ça poserait des tas de problèmes. La vie

de princesse est pleine de contraintes, et celle de princesse héritière est encore plus compliquée.

— Que veux-tu dire ?

Elle baissa les yeux et répondit d'une voix hésitante.

— Que si j'ai une relation sérieuse il faut que ce soit avec un prince royal.

— Et si tu en as une avec un homme qui n'a pas de sang royal ?

— C'est exclu.

Le ton ferme de Gisella toucha un point sensible, et Silas ne put s'empêcher d'insister.

— Mais si ça arrivait ?

Après un silence tendu, elle déclara :

— Je suis obligée de respecter certaines règles. Selon la Charte du royaume, je ne pourrais pas l'épouser.

En d'autres termes, il n'était pas assez bien pour elle... Silas sentit son cœur se serrer, tandis que des souvenirs indésirables s'imposaient à lui. Pendant des années il avait entendu son père lui répéter qu'il n'était pas à la hauteur. Ce dernier avait même pris toutes les dispositions nécessaires pour qu'à sa mort son fils n'ait aucun doute sur l'opinion qu'il avait de lui. Il avait laissé sa précieuse entreprise à son ancien assistant, qui en avait gravi tous les échelons avant de devenir vice-président. Silas ne figurait pas dans le testament de son père. Il n'y était même pas mentionné. Comme s'il n'avait jamais existé. Ça n'avait pas été une surprise. Juste une confirmation de la haine que lui vouait son père. Quand il était jeune, il aurait fait n'importe quoi pour prouver à son père qu'il méritait une place dans sa vie. De la même manière, aujourd'hui il voulait prouver à Gisella qu'il valait n'importe quel prince royal. Mais il ne se faisait aucune illusion. Quoi qu'il dise ou quoi qu'il fasse, il n'y parviendrait pas. Une fois de plus il n'était pas à la hauteur. Mais, après tout, il n'avait jamais été question de relation sérieuse entre eux. Il s'éclaircit la voix.

— Heureusement qu'entre nous c'est provisoire. Sans engagement.

Il y eut un silence.

— C'est vrai, finit-elle par acquiescer.

— Comment en sommes-nous arrivés à parler du mariage ? lança-t-il en prenant un ton enjoué. Nous pouvons très bien passer de bons moments ensemble sans faire de projets. Il n'y a pas de mal à ça.

Elle plongea son regard dans le sien, visiblement partagée entre des envies contradictoires. Pas question de la bousculer. C'était à elle de décider comment elle voulait finir la soirée. Il n'insisterait pas davantage. Mais jamais il n'avait désiré une femme à ce point. Bientôt elle serait partie, et quelque chose lui disait qu'elle allait lui manquer. Non qu'il soit en train de s'attacher à elle. Personne ne lui était indispensable. Il savait qu'il ne pouvait compter que sur lui-même. Malgré tout, la vie lui semblait beaucoup plus exaltante en compagnie de Gisella. Pour la première fois depuis son enfance il appréciait la période des fêtes. Dommage qu'elle parte bientôt. Elle ne serait pas là pour Noël… La voyant consulter sa montre, il en fit autant. Il était 23 heures.

— N'oublie pas qu'à minuit je me transforme en citrouille, déclara-t-elle.

— Tu serais une citrouille adorable.

Elle roula les yeux.

— Tu nous fais perdre du temps. As-tu vraiment envie de continuer à discuter ? N'as-tu pas une autre idée ?

— Oh oui, j'ai une autre idée…

— C'est bien ce que je pensais, murmura-t-elle en le renversant sur le canapé. J'ai juste une requête.

Le cœur battant à tout rompre, il brûlait de désir.

— Tout ce que tu veux.
— Ne me laisse pas me transformer en citrouille.
— Tes désirs sont des ordres.

Il tendit le bras pour prendre son téléphone sur la table basse et le fit tomber alors qu'elle s'installait sur lui. Il le chercha fébrilement à tâtons sur le tapis, finit par le récupérer, effectua quelques réglages, puis le reposa précipitamment par terre.

— L'alarme est réglée...

Elle se pencha sur lui et le réduisit au silence en capturant sa bouche. Son esprit se vida tandis que leur baiser s'approfondissait. Les chances pour qu'un tel moment se reproduise étaient nulles, il le savait. Raison de plus pour prendre tout son temps et offrir à Gisella une expérience inoubliable. Ce fut une torture délicieuse, qui finit par le combler au-delà de toute espérance. Entre Gisella et lui l'harmonie était parfaite. Si seulement ils avaient la possibilité de passer plus de temps ensemble...

11

Elle n'aurait pas dû. Et pourtant, elle ne regrettait rien. Le lendemain matin, Gisella était en proie à une douce euphorie. Elle pénétra dans la salle de réunion de SC Public Relations un peu avant 8 heures, suivie par sa secrétaire privée et ses adjointes. À sa grande déception, Silas n'était pas là.

— Bonjour, Votre Altesse.

Elle pivota sur elle-même, le cœur battant. Sur le seuil de la pièce, juste derrière elle, il inclina la tête. Il était tentant de lui dire qu'il n'était pas obligé de respecter le protocole, mais en présence de leurs employés respectifs ce ne serait pas prudent. Elle n'avait aucune envie d'être traitée comme la future reine de Rydiania. Elle préférerait de loin être considérée comme son amie. Son amie très spéciale... Elle eut un sourire rêveur.

— Vous semblez d'humeur joyeuse, ce matin, ajouta-t-il en entrant dans la salle.

— En effet. Je suis soulagée que le planning du gala soit finalisé.

— J'espère que cette tâche n'a pas été trop stressante, répliqua-t-il d'un ton pince-sans-rire en prenant place en bout de table.

Elle s'assit à sa gauche.

— Non. Grâce à vous. Notre collaboration s'est révélée très fructueuse.

— Je suis d'accord.

Elle dut se retenir pour ne pas pouffer. C'était comme s'ils se parlaient en code. Aucune des personnes présentes ne pouvait deviner le double sens de cet échange. Ni qu'elle avait de plus en plus de mal à vouvoyer Silas quand ils n'étaient pas seuls... La Duchesse se trouvait-elle dans la pièce ? Au départ elle doutait qu'il puisse y avoir un espion parmi ses collaborateurs les plus proches mais, depuis les derniers posts publiés par le site, elle envisageait cette possibilité. Comme si Silas lisait dans ses pensées, il demanda :

— Avez-vous vu que vous avez de nouveau droit à la une des *Confidences de la Duchesse* ?

Elle réprima un soupir. Pourquoi ne pas répondre qu'elle se moquait de ce que le site avait publié ? Elle refusait de laisser la Duchesse gâcher son bonheur !

— Si vous voulez lire...

Silas prit son téléphone pour afficher le site. Il serait discourtois de refuser, songea-t-elle. D'autant plus que s'il insistait ce n'était sans doute pas sans raison. Avait-elle été de nouveau vue devant l'immeuble de Silas ? Avaient-ils été pris en photo sur la plate-forme de l'Empire State Building ? Stop. Depuis quand paniquait-elle pour un rien ? Des trois sœurs elle était la plus douée pour garder son sang-froid en toutes circonstances. Du calme. En prenant le téléphone de Silas, elle ne put s'empêcher d'effleurer ses doigts à dessein. Électrisée, elle s'efforça d'ignorer la chaleur intense qui l'envahissait pour se concentrer sur l'écran.

Soirée romantique avec une princesse

Son estomac se noua. Elle aurait dû se douter que le site ferait toute une histoire de sa soirée avec Silas. Pour une fois le titre reflétait la réalité, ce qui était encore plus détestable. Elle aurait tellement aimé que cette sortie reste une affaire privée... Sous le titre figurait une photo d'eux à l'entrée du Radio City Music Hall. Ils souriaient, apparemment inconscients qu'ils étaient pris en photo. Pour la bonne raison qu'ils ne s'en étaient pas rendu compte...

Chers admiratrices et admirateurs de la famille royale, il semble se confirmer que notre princesse héritière a trouvé plus qu'un collaborateur en la personne de Silas Cabot, dirigeant de SC Public Relations, qu'elle a rencontré à l'occasion de l'organisation du gala d'Abeilles Sans Frontières. Du moins je ne pense pas qu'ils se connaissaient avant. Mais sait-on jamais ?

Une autre question se pose... Qu'en est-il du mariage de la princesse avec le prince Matis ? Est-il compromis ? Qu'a en tête la princesse Gisella ?

Gisella serra les dents. La Duchesse dépassait les bornes. De toute évidence, elle était déterminée à ébranler son règne avant même son couronnement. Il fallait à tout prix la démasquer et l'empêcher de continuer à nuire.

Et quelle va être la réaction du prince Matis ? Va-t-il s'effacer ? Ou bien va-t-il se battre pour sa princesse ? À mon avis, c'est un combat des cœurs qui se prépare.

Je ne manquerai pas de vous communiquer toutes les informations relatives à cet imbroglio au fur et à mesure que j'en aurai connaissance.

À suivre...

Gisella rendit son téléphone à Silas avec un soupir exaspéré.

— C'est horripilant. Ce site passe son temps à exciter la curiosité du public avec ses mensonges.

— Il n'est pas prévu que vous épousiez ce prince ?

— Eh bien... si. Ça c'est exact.

— Comment est ce prince ?

Elle haussa les épaules.

— Je ne le connais pas très bien.

Devant l'air perplexe de Silas, elle précisa :

— Nos parents sont amis. Ils ont arrangé ce mariage pour resserrer les liens entre nos deux royaumes.

— C'est un mariage arrangé pour des raisons politiques ?

— Oui. Il doit contribuer à consolider la position de Rydiania sur la scène internationale.

— Mais vous, avez-vous envie d'épouser ce prince ?

— Ce dont j'ai envie ne compte pas.

— Vous n'avez pas répondu à ma question. Avez-vous envie d'épouser le prince ?

— Non.

C'était la première fois qu'elle se l'avouait franchement et qu'elle le formulait à haute voix. Mais elle refusait de laisser ses inquiétudes pour l'avenir gâcher sa joie présente. S'ils avaient cette conversation, c'était la faute de la Duchesse. À son retour à Rydiania, sa priorité serait de la démasquer. Ça ne pouvait plus durer.

— Pour l'instant, la priorité reste le gala. Mettons-nous au travail. Nous avons encore des vérifications à effectuer.

— D'accord.

D'une voix plus forte, Silas s'adressa aux autres.

— Veuillez vous asseoir, s'il vous plaît. La réunion commence.

Leurs collaborateurs respectifs s'installèrent autour de la table. Tous ensemble ils récapitulèrent tous les points de l'organisation du gala, s'arrêtant sur chacun d'eux afin de s'assurer qu'il ne restait pas de problèmes en suspens et d'anticiper les imprévus de dernière minute. Une tâche longue et fastidieuse, mais indispensable. Gisella retrouva sa bonne humeur et, tout en restant concentrée sur le gala, elle ne put s'empêcher de repenser à la soirée de rêve qu'elle avait passée avec Silas. Elle n'aurait jamais imaginé qu'elle pourrait se sentir aussi vivante et heureuse dans les bras d'un homme. Il lui avait fait découvrir le bonheur d'être choyée. Comment allait-elle pouvoir s'en passer à l'avenir ?

Les jours suivants, Gisella passa son temps à ruser pour retrouver Silas chez lui le plus souvent possible. Le samedi, elle déclara qu'un rendez-vous prévu l'après-midi s'était transformé en dîner. Le dimanche, elle prétexta une migraine pour annoncer qu'elle se couchait tôt. Puis elle quitta l'hôtel en catimini. Elle ne se reconnaissait pas. Plus elle passait de temps avec Silas, plus elle avait de mal à rester loin de lui. Elle ne regretterait jamais de lui avoir offert sa virginité. Il était si tendre et si passionné... Si attentionné... Elle garderait de leurs moments volés un souvenir précieux, qui lui serait d'un grand réconfort quand elle régnerait sur Rydiania.

Le lundi après-midi, après une matinée de travail fructueuse, elle regagna son hôtel. Silas avait des rendez-vous, et de son côté elle devait traiter des affaires concernant le palais. Mais malgré tous ses efforts elle avait du mal à se concentrer. Son esprit était tout entier occupé par Silas. Dire qu'elle s'en allait après-demain... Comment ne pas être envahie par la mélancolie à l'idée de le quitter ? Elle avait envie de passer les fêtes avec sa famille, bien sûr, mais elle n'imaginait pas d'être séparée de Silas. Peut-être pourrait-elle l'inviter à passer les fêtes à Rydiania ?

Pourquoi pas ? Quoi de plus délicieux que de passer le matin de Noël en sa compagnie ? Elle dirait à sa famille qu'ils s'étaient liés d'amitié pendant leur collaboration, et que lorsqu'il avait manifesté de l'intérêt pour Rydiania, elle l'avait invité à passer quelques jours au palais. Ses parents y recevaient régulièrement des visiteurs étrangers. Ça n'aurait rien d'exceptionnel, même si c'était rarement le cas pour les fêtes.

— Votre Altesse.

Stephanie s'avança dans le salon de la suite de Gisella.

— Le courrier a été envoyé par la valise diplomatique. Je vous ai apporté les journaux du jour. Et votre robe pour le gala a été repassée.

— Merci, j'apprécie votre aide.

— Puis-je faire autre chose pour vous ?

— Pas pour le moment.

Gisella suivit Stephanie des yeux tandis qu'elle quittait la pièce. Elle travaillait en étroite collaboration avec la jeune femme depuis le début de ce voyage et pourtant elle avait le sentiment de ne pas vraiment la connaître. Par ailleurs, elle avait la nette impression que Stephanie ne l'aimait pas beaucoup. Et si c'était la Duchesse ? Ou une espionne au service de celle-ci ? Ça expliquerait que le site soit aussi bien informé. Mais dans ce cas, après toutes leurs investigations, les services de sécurité du palais auraient dû trouver à son sujet des informations compromettantes, non ? Le téléphone de Gisella sonna. Le palais. Elle prit l'appel.

— La princesse Gisella à l'appareil.

— Votre Altesse, ne quittez pas, je vous passe la reine.

Quelques secondes plus tard, sa mère demanda :

— Gisella, comment s'annonce le gala ?

— Tout est fin prêt.

— Bien. Et tu seras rentrée juste à temps pour Noël.

— Oui. Justement… je me disais que nous devrions inviter des gens au palais pour passer les fêtes avec nous.

— C'est ce que je me suis dit moi aussi. J'ai pensé que tu serais heureuse de voir Matis.

Gisella fut assaillie par une bouffée d'angoisse. Ces derniers jours elle avait presque oublié Matis ! Visiblement très enjouée, sa mère ne lui laissa pas le temps de réagir.

— En fait, j'ai eu sa mère au téléphone l'autre jour.

La reine parlait comme si cette conversation était fortuite, alors qu'elle en était sûrement à l'origine.

— Il se trouve que Matis est libre pendant les fêtes et qu'il a décidé d'aller à New York pour t'accompagner au gala. N'est-ce pas une bonne nouvelle ?

Gisella eut l'impression que son cœur se recroquevillait brusquement sur lui-même. Elle se faisait une telle joie de passer cette soirée au côté de Silas ! Comment allait-elle réussir à faire bonne figure en compagnie de Matis ?

— Gisella ?

Elle s'efforça de prendre un ton joyeux.

— Bonne nouvelle, oui. Ça me fait très plaisir.

— Gisella, ça va ?

Elle refoula les larmes qui lui brouillaient la vue.

— Pour quelle raison ça n'irait pas ?

À part le fait que le peu de bonheur qui lui restait à vivre venait de lui être arraché…

— Tu n'as pas oublié tes responsabilités, n'est-ce pas ? demanda sa mère d'un ton inquiet.

— Bien sûr que non.

Elle s'était juste autorisée pendant quelque temps à imaginer ce que pourrait être sa vie si elle n'était pas princesse héritière…

12

Quelque chose clochait, il le sentait. Assis en face d'elle à table, Silas observait Gisella. Ils s'étaient risqués à dîner dehors. Il lui avait proposé de l'emmener dans un des restaurants branchés de Manhattan, mais elle avait refusé. Il avait donc choisi d'aller chez Reagan's Bistro, un petit restaurant familial et calme où il avait ses habitudes.

Mais ce soir Gisella était éteinte. Elle avait à peine touché le contenu de son assiette, ce qui ne lui ressemblait pas du tout. Il avait fait des recherches sur Internet à propos du prince Matis. C'était un homme au physique plutôt agréable, mais sur chaque photo il avait une femme différente au bras. Était-ce un séducteur ? Le savait-elle ? En était-elle contrariée ? Il ne s'imaginait pas en train de papillonner s'il avait la chance d'être fiancé à Gisella. Fiancé ? Que lui prenait-il ? Il n'avait pas l'intention de se marier ! Ni avec elle ni avec personne. De toute façon, la vie de Gisella ne le regardait pas. Ils s'étaient mis d'accord sur une relation provisoire et sans engagement. Rien de plus. Mais elle ne pensait peut-être même pas au prince, et ce n'était pas lui qui allait en parler. Peut-être était-elle tout simplement anxieuse à cause du gala. Il s'éclaircit la voix.

— Si tu es inquiète au sujet du gala, il n'y a pas de raison. Je pense que nous avons réglé tous les problèmes.

— Je ne suis pas inquiète. Nous avons bien travaillé ensemble. J'ai apprécié ton aide, sincèrement.

— Alors pourquoi cet air malheureux ?

— Je ne suis pas malheureuse.

Elle sourit, mais son regard resta triste. L'évidence s'imposa à Silas. Bien sûr. Elle était triste parce que son départ approchait. Il ne leur restait plus beaucoup de temps avant qu'elle s'envole pour son lointain royaume.

— Je n'arrive pas à croire que le gala soit si proche, dit-il en posant la main sur la sienne. Mais nous allons profiter au mieux du temps qui nous reste.

À cet instant le serveur revint, et elle retira sa main. Quand il fut reparti avec les assiettes, elle prit son téléphone pour vérifier l'heure.

— Nous ferions sans doute mieux d'y aller, dit-elle le regard fuyant.

— Tu veux que nous allions prendre un café chez moi ? Avec des biscuits de Noël ?

Elle secoua la tête.

— J'ai beaucoup de travail ce soir. Avec la préparation du gala, j'ai pris du retard dans mes autres tâches.

Elle l'évitait ? Il fut piqué au vif. Il n'avait pas l'habitude qu'on le rejette.

— Tu dois avoir des choses à faire toi aussi, dit-elle en glissant la bandoulière de son sac sur son épaule. Mes gardes du corps me raccompagneront à l'hôtel.

Il eut l'impression de recevoir une gifle. Un peu plus tôt dans la journée, ils riaient ensemble et se parlaient à voix basse. Et maintenant, elle le fuyait ?

— Gisella, que se passe-t-il ?

— Rien, répondit-elle sans le regarder.

Elle se leva. Il en fit autant et lui barra le passage.

— Parle-moi. Pourquoi es-tu aussi impatiente de t'en aller ? Tu en as déjà assez de moi ?

Elle leva les yeux et les plongea dans les siens.

— Non, pas du tout.

— Tu en donnes pourtant l'impression. D'abord tu ne parles presque pas. Ensuite, tu ne manges rien. Et maintenant, tu es impatiente de rentrer seule à l'hôtel.

— Je viens de te dire que j'ai du travail ! s'exclama-t-elle.

Plusieurs têtes se tournèrent vers eux.

— Rasseyons-nous, dit-il d'une voix apaisante.

Elle soupira, puis se rassit. Il en fit autant.

— Alors, que se passe-t-il ? demanda-t-il en tendant la main.

Elle retira aussitôt la sienne de la table et la posa sur ses genoux.

— Gisella, je ne comprends pas.

Elle plongea son regard dans le sien.

— Je ne peux pas aller au gala avec toi.

Il eut un mouvement de recul sur son siège comme s'il venait de recevoir un coup de poing dans l'estomac. Mais pourquoi était-il surpris ? Elle était distante depuis le début de la soirée. Dire qu'il se réjouissait à l'idée de passer tout le gala à son côté... Et qu'il avait promis à Carl Carr, avec qui il négociait la fusion, de lui présenter la princesse. Qu'allait-il lui dire ? Mais pour l'instant c'était à Gisella qu'il fallait parler. Il finit par rompre le silence qui se prolongeait.

— Quel que soit le problème, je suis sûr que nous pouvons trouver une solution. Dis-moi juste ce que j'ai fait.

— Ça n'a rien à voir avec toi.

— Ne me mens pas.

— Je viens d'apprendre que j'assisterai au gala en compagnie du prince Matis.

Cette fois, Silas eut l'impression de recevoir un coup de poignard dans le cœur.

— Il est à New York ?

— Pas encore, mais il va bientôt arriver.

Il se frotta la nuque.

— Tu l'aimes ?

Gisella écarquilla les yeux.

— Quoi ? Non ! Je le connais à peine.

— Et tu comptes quand même l'épouser ?

— Pourquoi toutes ces questions ? Je n'ai pas le choix, c'est tout. Et qu'est-ce que ça peut te faire ? Entre nous c'était provisoire. Sans engagement. Tu te souviens ? lança-t-elle avec une pointe d'agressivité.

Il serra les dents.

— Je me souviens. Mais nous avions également convenu d'aller au gala ensemble.

— Tu ne veux tout de même pas que je fasse faux bond à Matis après qu'il aura traversé l'Atlantique ?

C'était exactement ce qu'il voulait. Pour protéger sa société en évitant que la fusion tourne court, se dit-il aussitôt. C'était l'unique raison.

— Il comprendra que tu avais déjà un engagement.

— Pas question.

— Alors tu me laisses tomber ? lança-t-il d'un ton vif.

Elle plissa le front.

— Ce n'est pas comme ça que je présenterais la chose, mais oui, j'irai au gala avec Matis.

Elle se leva.

— Je suis désolée que ça se termine de cette façon.

Il ne chercha pas à la retenir. S'il avait du sang royal, les choses se seraient-elles passées différemment ? Dans son esprit, il entendit une fois de plus la voix de son père lui répéter « Tu n'es pas à la hauteur. »

13

Demain c'était le gala. Le cœur de Gisella se serra douloureusement. Ces dernières semaines avaient été à la fois les plus longues et les plus courtes de sa vie. Elle avait le sentiment d'avoir beaucoup appris sur elle-même. Silas l'avait aidée à élargir ses horizons. Elle avait appris à croire en son propre jugement – à croire en elle. Il lui avait prouvé qu'elle était capable de se détendre et de s'amuser. Elle s'était promis de ne plus être aussi sérieuse en permanence. Cette ville exaltante allait lui manquer. Bientôt elle rentrerait à Rydiania, confiante dans son aptitude à être la reine dont son royaume avait besoin. Mais en même temps elle quitterait Silas. Cette perspective lui fendait le cœur. Elle avait commis l'erreur qu'elle s'était promis d'éviter. Elle s'était attachée à lui. Et ce n'était pas quelqu'un dont elle pourrait se détacher facilement.

— Votre Altesse.

Gisella leva les yeux de son ordinateur. Elle avait passé la matinée à lire maints rapports reçus du palais. Il était essentiel qu'elle soit au courant des dernières nouvelles avant le gala, au cours duquel elle nouerait des relations importantes avec des représentants de nombreux pays.

— Oui ?

— Le prince Matis est arrivé, annonça son garde du corps.

— Ici ? Déjà ?

Vic hocha la tête.

— Dois-je le faire entrer ?

Elle baissa les yeux sur le mail qu'elle était en train d'écrire au roi. Une alerte concernant le niveau de batterie s'afficha à l'écran. Ce mail devrait attendre. Elle rabattit le capot de son ordinateur et se leva.

— Laissez-moi deux minutes.

Elle gagna sa chambre. En principe elle devrait être heureuse de voir le prince, se dit-elle en se recoiffant. En principe. Elle aimerait tellement qu'à sa place ce soit Silas qui l'attende... Lorsqu'elle retourna dans le salon, elle y trouva Matis. Grand, brun, le teint mat, physique agréable. Il s'inclina.

— Votre Altesse.

Lorsque leurs regards finirent par se rencontrer, elle guetta les réactions de son cœur. Pas le moindre petit bond, pas le moindre affolement. Rien.

— Bonjour, Matis. C'est un plaisir de te revoir.

— Tu es radieuse, comme toujours.

C'était cette voix qu'elle allait entendre jusqu'à la fin de ses jours. Comme cette perspective était déprimante... Mais elle n'y pouvait rien et elle se devait de masquer ses sentiments. C'était un art qu'on lui avait enseigné dès son plus jeune âge. Elle adressa au prince un de ses sourires longuement pratiqués. Matis était séduisant – pas autant que Silas, mais assez beau. Sa conversation était agréable. Et il allait devenir son mari. C'était prévu depuis que son frère avait renoncé au trône. Elle se croyait prête à sacrifier sa vie personnelle pour assumer le rôle de reine, mais plus les jours passaient plus ce sacrifice lui semblait difficile. Avec Silas elle avait appris à écouter son cœur. Comment envisager de s'engager dans un mariage sans amour ?

— Matis, tu n'étais pas obligé de faire un si long voyage pour assister au gala.

— Ma présence ne semble pas te faire plaisir. Ai-je mal compris ce que ta mère m'a dit ?

— Je... Je ne sais pas ce qu'elle t'a dit.

Elle ne supportait pas que sa mère joue les entremetteuses !

— Que c'était l'événement le plus important que tu avais organisé jusque-là et que tu apprécierais beaucoup de m'avoir à ton côté pour te soutenir. Mais si je ne suis pas le bienvenu...

— Bien sûr que si, coupa-t-elle en se forçant à sourire.

— Veux-tu que nous allions déjeuner ?

— J'aimerais beaucoup, mais j'ai encore des détails de dernière minute à régler.

Une lueur de déception s'alluma dans les yeux de Matis.

— Si tu veux, reviens me chercher à 18 heures pour dîner.

Il lui baisa la main.

— À plus tard.

Elle le suivit des yeux. Ce mariage arrangé lui pesait-il autant qu'à elle ? Difficile de le savoir. Ils avaient intérêt à avoir une conversation très sérieuse. Mais celle-ci devrait attendre. Pour l'instant, il fallait qu'elle termine son mail pour le roi avant de vérifier une dernière fois le placement des invités au gala. Mais avant tout elle avait besoin d'un café. Gisella se leva et chercha en vain une dosette de son mélange favori à côté de la cafetière.

— Stephanie, avons-nous des dosettes en réserve ?

Stephanie ouvrit un placard.

— Non. Je peux en commander.

— Si ça ne vous dérange pas, je préférerais que vous alliez les chercher vous-même.

Le service était très lent. D'après le personnel, il manquait des employés en raison des fêtes. Stephanie parut contrariée.

— J'y vais.

Après son départ, les deux secrétaires adjointes arrivèrent pour la réunion de 13 heures, au cours de laquelle elles devaient contrôler ensemble une dernière fois que tous les détails du gala étaient bien réglés.

— Votre Altesse, voulez-vous un café ? demanda Eleanor.

— Merci, mais il n'y a plus de dosettes de mon mélange préféré. Stephanie est partie en chercher.

Pendant que les deux jeunes femmes se préparaient un café, Gisella s'installa devant son ordinateur et consulta sa montre. Bientôt la coiffeuse et la maquilleuse arriveraient pour la préparer pour son dîner avec Matis. Nul doute que de nombreux photographes avaient prévu d'immortaliser cette sortie... Elle reprit le mail qu'elle avait commencé pour le roi. Il avait beau être son père, leur correspondance était très professionnelle. En l'occurrence, ce mail concernait un projet de parc d'éoliennes sur les terres du palais.

— Où Stephanie est-elle allée chercher le café ? demanda Pearl.

— À la réception, répondit Gisella. Je suis surprise qu'elle ne soit pas encore revenue.

— Il ne reste plus non plus de mélange français ni de lait. Je vais le lui dire.

Pearl se dirigea vers la porte avant de se raviser.

— Si vous êtes d'accord, Votre Altesse.

— Oui, bien sûr. Mais ne tardez pas trop.

Gisella reprit son mail. Elle notait les questions qu'elle voulait soulever avant d'approuver le projet du parc d'éoliennes quand un message s'afficha. Sa batterie était déchargée. Quelques secondes plus tard, l'écran s'éteignit. Elle n'avait même pas eu le temps de sauvegarder son mail ! Elle poussa un soupir agacé.

— Il y a un problème, Votre Altesse ? demanda Eleanor d'un air inquiet.

— Je n'ai plus de batterie et il faut que j'envoie un mail.

— Vous pouvez utiliser mon ordinateur.

— Non, je ne veux pas vous empêcher de travailler.

— Prenez celui de Pearl. Ça ne la dérangera pas.

Gisella réprima une moue de dérision. Elle n'avait pas trop d'inquiétudes à ce sujet, vu que tous les ordinateurs appartenaient au palais... Et de toute façon, en tant que princesse héritière, elle avait un mot de passe personnel qui lui donnait accès à tous les appareils, sauf celui du roi. Elle se connecta, ouvrit la messagerie et reprit son mail. À son grand soulagement, elle n'avait perdu que les deux dernières lignes. Alors qu'elle les retapait, Stephanie et Pearl arrivèrent avec des cartons de dosettes et de lait en poudre.

— Hé, Pearl, la princesse a emprunté ton ordinateur, lança Eleanor.

— Quoi ?

Pearl laissa tomber son carton dans un fauteuil, se précipita vers la princesse et lui arracha l'ordinateur.

— Vous n'avez pas le droit !

Gisella resta muette de stupeur. Personne ne se permettait ce genre de comportement avec elle. Et il y avait une lueur de panique dans les yeux de Pearl... Quel était le problème ? Un début de réponse possible germa dans son esprit. Tandis que Pearl serrait l'ordinateur contre sa poitrine, Stephanie posa ses cartons sur la table et lança un regard effaré à Gisella, comme pour lui dire qu'elle ne comprenait pas ce qui se passait. Puis elle se dirigea vers Pearl et tendit les mains.

— Donne cet ordinateur.

— Non ! Il est à moi.

— Tu sais bien que tous les ordinateurs appartiennent au palais. Et que tu ne dois pas utiliser ton ordinateur de travail à des fins personnelles.

Pearl ne bougea pas.

— Donne cet ordinateur ! ordonna Stephanie en élevant la voix.

Alerté par le bruit, Vic arriva.

— Il y a un problème ? demanda-t-il d'une voix calme en regardant les deux jeunes femmes.

Gisella se leva et s'approcha de Pearl.

— Vous êtes la Duchesse, n'est-ce pas ?

Pearl resta silencieuse. Elle se contenta de la regarder, les yeux étincelants de haine. Gisella hocha lentement la tête. C'était bien ce qu'elle pensait. Soit Pearl était la Duchesse, soit elle travaillait pour elle. Ce qui expliquait pourquoi le site était aussi bien informé. Gisella tendit la main.

— Je vous ordonne de me rendre cet ordinateur.

Dans la pièce, la tension était palpable. Elle n'avait pas envie de faire intervenir son garde du corps pour arracher l'ordinateur des mains de Pearl, mais s'il fallait en arriver là elle n'hésiterait pas, décida Gisella. Pearl lui tendit l'ordinateur d'un geste rageur.

— Emmenez-la dans sa chambre, ordonna Gisella à Vic. Elle restera sous surveillance jusqu'à ce que des dispositions soient prises pour son rapatriement à Rydiania.

— Vous ne pouvez rien contre moi ! cria Pearl. C'est une atteinte à la liberté d'expression !

— La liberté d'expression ne vous dispense pas de respecter l'accord de confidentialité que vous avez signé avant d'être engagée par le palais. Pas plus qu'elle ne vous autorise à espionner la famille royale.

La colère crispa les traits de Pearl.

— Vous ne me ferez pas taire !

Elle se mit à hurler tandis que deux gardes du corps l'emmenaient hors de la pièce. Gisella expira lentement. Son premier réflexe fut de s'enfermer dans sa chambre pour appeler Silas. Elle avait hâte de lui annoncer que le mystère de la Duchesse était résolu !

— Bonjour, Votre Altesse.

Dès qu'elle entendit le son de sa voix, un sourire étira ses lèvres. Comme elle aimait cette voix chaude et profonde ! Rien à voir avec celle de Matis.

— Que puis-je faire pour vous ?

— J'ai une grande nouvelle.

— À propos du gala ?

— Non, c'est...

— Dans ce cas je vous laisse, Votre Altesse.

— Non ! Attends !

Il s'apprêtait à lui raccrocher au nez ? Personne ne s'était jamais permis de faire ça !

— Il n'y a plus rien à dire, Votre Altesse. Au revoir.

— Silas ?

Il avait raccroché ! Il ne voulait même plus lui parler... Mais ne le méritait-elle pas après son attitude pendant le dîner d'hier soir ? Elle était si déstabilisée par l'irruption de la vie réelle dans leur aventure de rêve qu'elle avait été très maladroite avec lui. Parviendrait-elle à arranger les choses demain au gala ? Elle ne savait même pas si c'était possible. La réalité s'était imposée à eux et leur aventure était officiellement terminée. À cette pensée, Gisella eut l'impression qu'une poigne d'acier lui broyait le cœur. Jamais elle n'avait été aussi malheureuse.

14

Dans une semaine c'était Noël. Plus tard ce jour-là, Silas débarrassa l'arbre de son salon de ses décorations. Trop lié à Gisella. Les moments merveilleux qu'ils avaient passés ensemble ne se reproduiraient jamais plus. Une fois qu'il aurait fait disparaître toutes les décorations et l'arbre lui-même, son penthouse reprendrait son aspect habituel et il se sentirait de nouveau lui-même. Il pourrait enfin se concentrer entièrement sur la fusion, qui ne tarderait pas à être officialisée.

Quand sa société serait implantée sur la côte Ouest, il serait trop occupé à voyager entre ses multiples agences pour penser à Gisella. Ses souvenirs d'elle s'estomperaient peu à peu et tout redeviendrait comme avant. Lorsqu'il eut fait enlever le sapin débarrassé de ses décorations, il prit les cartons contenant celles-ci pour les porter dans la chambre d'amis. Demain il chercherait quelqu'un ou une association à qui en faire don. Mais, en arrivant dans la chambre, il trouva sur le lit tous les cadeaux destinés à Mary et à la petite Susie.

Il les avait complètement oubliés. Les paquets étaient déjà faits. Il ne restait plus qu'à les livrer. Il s'en occuperait un autre jour. Il quitta la pièce, mais en fermant la porte son regard se posa de nouveau sur les paquets. Il soupira. Encore quelque chose qui le ramenait à Gisella... Il appela son chauffeur et fit porter les cadeaux ainsi que les cartons de décoration dans la voiture. S'il les apportait aujourd'hui à Mary, quand il renterait du gala demain soir il n'y aurait plus rien dans l'appartement qui lui rappellerait Gisella.

Il consulta la nouvelle adresse de Mary dans son téléphone. Elle habitait à Staten Island, pas loin de chez sa mère. Un moment plus tard, le chauffeur s'arrêta devant la maison de ville divisée en plusieurs appartements. Mary et Susie habitaient au dernier étage. Il aurait dû appeler pour prévenir de son arrivée, songea-t-il soudain. Si Mary n'était pas là, il ne voulait pas laisser les paquets devant sa porte. À son grand soulagement, elle ouvrit. Et lui adressa un large sourire.

— Bonjour, monsieur Cabot.

— Bonjour, Mary. J'ai quelques petites choses pour vous et pour le bébé. Je peux entrer ?

En la voyant jeter un coup d'œil derrière lui, il ajouta :

— La princesse n'a pas pu venir.

— Dommage. Vous formez un couple charmant.

Vraiment ? Il n'avait pas eu conscience qu'ils faisaient cette impression.

— Nous ne sommes pas un couple.

— Ah bon ? Je l'aurais pourtant juré. J'espère que vous lui avez quand même acheté un cadeau pour Noël.

Il secoua la tête. L'idée ne lui avait pas effleuré l'esprit...

— Je vais chercher les paquets.

À vrai dire, il regrettait d'avoir raccroché au nez de Gisella. Comme il regrettait son mouvement d'humeur d'hier soir à la fin du repas. Un cadeau serait-il une façon acceptable de se racheter ? Oh ! il ne se faisait pas d'illusions. Ils n'avaient aucune chance en tant que couple. Cependant, il préférerait qu'ils se quittent en bons termes. Avec l'aide de son chauffeur, il fit plusieurs allers-retours pour monter tous les paquets et les cartons de décorations. Ayant remarqué qu'il n'y avait pas d'arbre dans l'appartement, il appela son assistante pour qu'elle en fasse livrer un. Quand ils eurent monté les derniers paquets, Mary déclara avec effusion :

— Merci infiniment. Je ne sais pas comment vous témoigner ma gratitude.

— C'est inutile. Et l'idée vient avant tout de la princesse.

— C'est vraiment très gentil à elle. Remerciez-la pour moi, s'il vous plaît.

— L'appartement vous convient ?

Mary eut un large sourire.

— Oh ! oui. Nous avons des voisins formidables et il y a un petit parc à une rue d'ici.

— Je suis heureux pour vous.

Ils discutèrent quelques minutes puis il repartit. Dans la voiture, il ne cessa de penser aux propos de Mary. Oui, il devrait peut-être offrir un cadeau de Noël à Gisella. Quelque chose qui lui rappelle les moments qu'ils avaient partagés.

Le grand jour était enfin arrivé. Gisella n'avait presque pas fermé l'œil. Elle avait passé la nuit à se tourner et se retourner dans son lit, en se répétant que si elle était aussi anxieuse c'était parce que la réussite du gala était primordiale pour sa crédibilité en tant que future reine. Mais elle n'était pas dupe. Si elle était aussi nerveuse, ce n'était pas uniquement à cause du gala. Silas lui manquait. Le fossé qui s'était creusé entre eux la minait. Et le pire c'était que tout était de sa faute. Elle avait mis fin à leur histoire avec une telle maladresse... Mais de toute façon, même s'ils avaient passé ensemble des moments inoubliables, cette aventure était terminée. Ils savaient tous les deux depuis le départ que ce jour arriverait. Il était juste arrivé un peu plus tôt que prévu. Après cette parenthèse magique, elle devait assumer son rôle et se résoudre à vivre la vie d'une princesse héritière sur le point de monter sur le trône.

Quelques heures avant le gala, la suite de la princesse était en effervescence. Eleanor, la seule secrétaire adjointe qui restait, était toutefois étonnamment calme. Et elle fuyait son regard... Quand elle s'absenta pour faire une course, Gisella se tourna vers Stephanie.

— Savez-vous ce qui arrive à Eleanor ? Elle a une attitude étrange.

— Elle est perturbée par ce qui s'est passé avec Pearl, Votre Altesse. Elle craint que vous ne la soupçonniez d'avoir été sa complice.

Il était vrai qu'au début elle avait eu des soupçons au sujet d'Eleanor et même de Stephanie, reconnut Gisella. Mais, pendant la nuit, les services de sécurité avaient mené leur enquête en collaboration avec la police rydianienne, et ce matin elle avait reçu un appel du roi, qui lui avait assuré que Pearl avait agi seule.

— Dites-lui qu'elle n'a aucune raison de s'inquiéter, s'il vous plaît.

— Bien, Votre Altesse, répliqua Stephanie.

Un téléphone sonna dans la pièce voisine et elle s'absenta pour répondre. Gisella fut soulagée d'avoir un moment de solitude pour se concentrer. Ce soir, sa nouvelle vie commençait. Par chance, il n'y aurait plus de posts malveillants de la Duchesse. Mais il n'y aurait plus non plus d'escapades romantiques. Dans cette nouvelle vie, tout serait sérieux et conforme au protocole. Elle déglutit péniblement. Pourquoi trouvait-elle soudain cette perspective aussi angoissante qu'une condamnation à perpétuité ? Que lui arrivait-il ? Toute sa vie elle s'était dit que si par extraordinaire elle avait la possibilité de devenir reine, elle monterait sur le trône avec enthousiasme. Et tout à coup elle avait des doutes ? La réponse s'imposa à elle immédiatement. Non. Elle avait toujours envie de devenir reine. Ce qui la rebutait c'était certaines obligations annexes qu'elle trouvait injustifiées. Comme celle d'épouser un homme qu'elle n'aimait pas. Mais il était trop tard pour tenter d'échapper à la règle. Un prince royal allait bientôt arriver pour l'accompagner au gala...

Elle s'étudia dans le miroir. Sa robe à fines bretelles en satin argenté était ornée de minuscules perles qui scintillaient dans la lumière. Un diadème incrusté de diamants avait été fixé à son chignon, dont s'échappaient quelques boucles qui lui caressaient le cou. Elle enfila une paire de longs gants noirs qui montaient au-dessus du coude et répéta devant le miroir le sourire chaleureux qu'elle adresserait à chacun des invités. Avec un peu de chance, elle serait tellement occupée toute la soirée qu'elle ne se rendrait pas compte de l'absence de Silas à son côté. Son cœur se serra. Comme si c'était possible ! Il allait d'autant plus lui manquer que tout allait lui rappeler leur collaboration, depuis le décor des tables jusqu'aux morceaux joués par l'orchestre. On frappa à la porte. Elle jeta un dernier coup d'œil à son reflet.

— Entrez.

— Votre Altesse, le prince Matis est là, annonça Stephanie.

— J'arrive.

Elle enfila une paire d'escarpins noirs à talons aiguilles, prit une pochette noire sur la table et quitta la pièce. Lorsque le prince s'avança vers elle, son estomac se noua. Avait-il l'intention de l'embrasser ? Elle lui tendit précipitamment sa main gantée. Il eut un regard surpris, puis il la saisit sans un mot et l'effleura du bout des lèvres. Elle déglutit péniblement. Ça commençait bien... L'idée d'embrasser l'homme qu'elle devait épouser lui était insupportable. Ses premiers pas dans sa nouvelle vie s'annonçaient beaucoup plus difficiles qu'elle ne l'avait imaginé.

— Nous y allons ? suggéra-t-elle d'un ton qui se voulait léger.

Matis arqua les sourcils.

— Déjà ?

— Je dois arriver tôt pour vérifier que tout est en place.

Il s'assit sur un canapé et sortit son téléphone de sa poche. Les yeux fixés sur l'écran, il demanda :

— Ton personnel ne peut pas s'en charger ?

Elle serra les dents. Quand elle avait mentionné le gala au cours du dîner de la veille, il avait changé de sujet. Elle s'était dit que ce manque d'intérêt était dû au décalage horaire. Aujourd'hui cette explication n'était plus valable.

— Je dois vraiment y aller, insista-t-elle.

— Inutile de se presser. Tu vas devenir reine. Il faut t'habituer à déléguer ce genre de tâches.

Elle inspira profondément, s'exhortant au calme.

— Si ma mère ne t'a pas donné assez de précisions au sujet du gala, j'en suis désolée, mais c'est moi qui l'organise et qui le préside. Il faut que j'arrive en avance pour m'assurer qu'il n'y a pas de problèmes de dernière minute. Si tu préfères venir plus tard, je vais prévenir mon personnel que tu restes ici et lui demander de veiller à ce que tu ne manques de rien.

Sur ces mots elle se dirigea vers la sortie. Il la rattrapa.

— Je t'accompagne. J'espère juste que ta présence sur place aussi tôt est vraiment utile.

Elle réprima une réplique cinglante. Matis avait-il toujours été aussi exaspérant ? Ça ne l'avait jamais frappée, mais il était vrai qu'elle le connaissait peu. Dire qu'ils étaient censés se marier...

15

Ça ne pouvait pas se terminer de cette manière. Silas arpentait le grand hall du Metropolitan Museum of Art. Il était venu au gala en compagnie de sa mère, qui déambulait en contemplant les œuvres d'art. Il avait tenu à arriver tôt pour s'assurer que tout était fin prêt pour le gala.

Il passa les doigts dans ses cheveux, irrité contre lui-même. Comment avait-il pu perdre le contrôle de cette aventure ? Mais ils étaient si bien ensemble... Il ne pouvait s'empêcher de penser qu'elle avait apprécié autant que lui les moments qu'ils avaient passés ensemble. Le souvenir de leur séance de shopping faillit lui arracher un sourire, qu'il réprima aussitôt. Demain Gisella embarquerait à bord d'un jet privé qui l'emmènerait à Rydiania. Et il ne la reverrait jamais plus.

Quoi qu'il fasse, il ne serait jamais apte à devenir son mari. Il n'était pas de sang royal, et c'était rédhibitoire. Elle avait été très claire à ce sujet. Elle était obligée de respecter la Charte de son pays. Tout conspirait à l'exclure de sa vie. Une fois de plus les paroles de son père résonnèrent dans l'esprit de Silas. « Tu n'es pas à la hauteur. » Il continua à arpenter le hall du Met. Pourvu qu'il puisse parler à Gisella avant que la soirée batte son plein... Il ne supporterait pas que leur histoire se termine sur l'échange de propos acerbes qu'ils avaient eu au restaurant. Il voulait qu'elle garde seulement le souvenir des bons moments qu'ils avaient passés ensemble. Le brouhaha qui régnait dans le hall laissa soudain place à un silence impressionnant. Surpris, il se retourna et suivit le regard des gens. Il eut le souffle coupé. Gisella venait de franchir l'entrée du musée, mais ce n'était plus la jeune femme joyeuse et détendue à qui il avait fait découvrir Manhattan au cours des deux dernières semaines. C'était une princesse au port majestueux. Ses longues boucles châtain doré étaient relevées en chignon, et elle portait un diadème qui brillait de mille feux. Sa robe gris argenté à fines bretelles mettait sa silhouette en valeur, et son décolleté était juste assez profond pour laisser deviner la naissance de ses seins. Elle était sublime, et il fallait qu'il le lui dise. Il s'élança dans la direction de Gisella et parcourut plusieurs mètres avant de se ressaisir. Il ne pouvait pas aller lui parler maintenant. Il y avait un homme à son côté. Le prince Matis. Qui lui parlait d'un air renfrogné. Que lui disait-il ? Il aimerait beaucoup le savoir... Mais ça ne le regardait pas. Gisella avait été claire. Leur aventure était terminée. C'était sa vie. Son choix. Le cœur de Silas se serra. Rester là à la regarder ne risquait pas de lui remonter le moral. Il tourna les talons et s'éloigna. Il n'avait pas de destination précise en tête, mais il tomba sur l'ingénieur du son du gala, avec qui il se mit à discuter. Ce fut un soulagement d'être distrait de ses pensées pendant quelques minutes. Malheureusement, tout lui rappelait Gisella. À commencer par cette soirée...

Le gala débuta. La princesse fit un bref discours de bienvenue, puis le dîner fut servi. Silas était assis entre sa mère et Carl Carr, le dirigeant de West Coast PR, la société californienne avec laquelle SC Public Relations était sur le point de fusionner. Il n'avait pas d'appétit, constata-t-il en regardant son assiette. Cette soirée promettait d'être la plus longue de toute sa vie. Après le dîner, les prix furent remis aux équipes responsables des projets les plus innovants pour la préservation des abeilles. Les lauréats venaient de Rydiania, des États-Unis et d'Australie. Au grand soulagement de Silas, la remise des prix se déroula sans le moindre incident.

— Je suis impressionné, déclara Carl Carr. Ce gala est une grande réussite. Ça dissipe les craintes que j'ai pu avoir à propos de la fusion.

— J'en suis heureux, répliqua Silas en souriant.

— Cela ne vous dérange pas de me présenter à la princesse maintenant ?

Silas réprima un soupir. Gisella était en compagnie du prince et elle riait à quelque chose qu'il venait de dire. La perspective d'aller les voir et d'être aimable avec eux le rendait malade.

— Venez.

Ils durent attendre quelques instants pendant que Gisella discutait avec un couple d'un certain âge. Lorsque le couple s'éloigna, Silas lut la surprise sur son visage quand elle le vit. Apparemment, elle ne s'attendait pas à ce qu'il lui parle ce soir. Sans Carl, ils se seraient ignorés jusqu'à la fin du gala... Mais, étant une princesse digne de ce nom, elle se ressaisit aussitôt et arbora un large sourire. Le prince Matis resta en retrait tandis que Carl la félicitait pour le gala. Au bout d'un moment, ce dernier s'excusa pour prendre un appel important. Silas eut beau s'exhorter à s'éloigner lui aussi, ses pieds refusèrent de lui obéir.

— Bravo pour le gala, déclara le prince Matis. La soirée est très réussie.

Silas s'efforça de masquer sa surprise. Il ne s'attendait pas à un compliment de la part de cet homme, qu'il n'avait aucune envie d'apprécier.

— Merci, mais cette réussite est avant tout due à Gisella. Elle a beaucoup travaillé pour que tout soit parfait.

— Bientôt elle aura des préparatifs d'un autre genre à faire, déclara Matis. Comme ceux de notre mariage.

Silas fut pris au dépourvu par l'arrogance de cette déclaration. Il jeta un coup d'œil à Gisella, qui détourna les yeux.

— Félicitations, dit-il à Matis en faisant appel à toute sa volonté pour feindre l'indifférence et lui serrer la main. À présent excusez-moi, il faut que je circule parmi les invités.

Sur ces mots il s'éloigna. En réalité, il n'avait qu'une envie. Quitter cet endroit au plus vite. Malheureusement, il ne pouvait pas se le permettre. Sa mère était là et il fallait qu'il la raccompagne chez elle. Il était coincé.

— Silas, attends !

La voix de Gisella fit bondir son cœur, mais il ne s'arrêta pas. Il n'avait pas envie de lui parler. Pas maintenant. Il sentit une main se poser sur son bras et se retourna.

— Gisella, nous n'avons plus rien à nous dire.

— Je ne suis pas d'accord.

— Ne devrais-tu pas être avec ton fiancé ?

— Silas, je te répète que ce n'est pas moi qui ai choisi cette situation. Il faut que tu comprennes que ma vie est faite d'obligations depuis mon enfance.

— Tu n'as pas à t'expliquer, répliqua-t-il en se détournant pour s'éloigner.

— Si ! Écoute-moi !

Surpris par le ton véhément de Gisella, il se retourna. Et il constata qu'ils commençaient à attirer des regards curieux. Elle baissa la voix.

— On danse ?

Il secoua la tête.

— Ce n'est pas une bonne idée.

— Pourquoi réagis-tu comme ça ? À cause de mon attitude au restaurant hier soir ?

Devant son silence, elle ajouta :

— Je suis désolée. Quand j'ai eu ma mère au téléphone et

qu'elle m'a annoncé que Matis me rejoignait pour le gala, ça a été un rappel brutal de mes obligations. J'ai reçu un choc.

— Tu n'as pas à t'excuser. Nous savions tous les deux que notre histoire ne durerait pas. Maintenant, il faut que j'y aille.

— Attends. J'ai une nouvelle importante.

Elle lui expliqua comment la Duchesse avait été démasquée. Il se doutait depuis le début que Gisella était espionnée par quelqu'un de son entourage, mais il n'imaginait pas que c'était une collaboratrice aussi proche. Avant qu'il ait le temps de réagir, Matis les rejoignit.

— Vous permettez que je vous enlève la princesse ?

Silas regarda Gisella.

— Pas du tout. Nous avons terminé.

Il les observa s'éloigner, la mort dans l'âme. Non, il ne pouvait pas se résoudre à ce que leur histoire prenne fin de cette manière. Il avait encore le cadeau de Noël de Gisella dans la poche. Peut-être trouverait-il l'occasion de le lui offrir plus tard. Ou peut-être était-il préférable qu'il ne le lui donne pas. Il ne savait plus...

Le gala avait été une grande réussite. Enfin... dans l'ensemble. Le lendemain matin, Gisella était toujours hantée par la façon dont Silas la regardait quand elle était avec Matis. Comme si elle l'avait trahi. Elle aurait voulu lui assurer que ses relations avec Matis n'avaient rien à voir avec ce qu'elle avait vécu avec lui, mais elle n'avait pas pu lui reparler. Il lui manquait déjà terriblement. Avec lui son existence s'était parée de couleurs vives, et à présent elle était de nouveau en noir et blanc. Comment allait-elle pouvoir vivre sans lui ?

Toute la matinée, son téléphone avait sonné. La reine l'avait félicitée en précisant qu'elle aurait aimé assister au gala. Elle avait également été contactée par des sponsors potentiels pour l'organisation des prochains galas en France, en Allemagne et en Afrique du Sud. Le programme Abeilles Sans Frontières prenait de l'envergure. Le gala de New York avait même un plus grand retentissement que le premier, organisé par son père. Ce succès confirmait son aptitude à devenir reine. Elle avait trouvé sa voie, même si suivre celle-ci exigeait des sacrifices douloureux.

Pendant le vol du retour, Gisella reçut un appel du roi. Il la félicita à son tour et lui dit que Matis et elle formaient un beau couple. Puis ils parlèrent des *Confidences de la Duchesse*.

— J'ai encore du mal à croire que Pearl a eu l'audace d'utiliser un ordinateur du palais, dit-elle. Sans ce problème de batterie, nous ne l'aurions peut-être pas encore démasquée. Comment a-t-elle pu passer au travers des contrôles effectués lors du recrutement ?

— Elle a usurpé l'identité de quelqu'un. Apparemment, c'est une experte en escroquerie.

— Comment allons-nous empêcher que ce genre de problème se reproduise ?

— J'ai chargé nos services de sécurité d'élaborer un nouveau protocole de recrutement. Après Noël, j'aimerais que tu supervises leurs travaux.

Un sourire étira les lèvres de Gisella. Son père avait dit « nos » au lieu de « mes » services de sécurité. De toute évidence, les posts malveillants de la Duchesse n'avaient pas ébranlé sa confiance en elle.

— Bien sûr.

— Et il y a un autre problème lié à la Duchesse.

— Lequel ?

— Il apparaît que Pearl a amassé une somme substantielle répartie entre différents comptes bancaires. Une fois qu'elle aura été reconnue coupable d'espionnage et d'abus de confiance, ces fonds seront confisqués. Tu seras chargée de leur redistribution via les associations caritatives du palais.

— Avec plaisir.

Avec grand plaisir, même ! Cette affaire éprouvante aurait au moins une conséquence positive… Quand la conversation fut terminée, Gisella promena son regard autour d'elle et vit que Matis travaillait sur son ordinateur, à l'arrière du jet. Il leva les yeux au même instant et revint s'asseoir à côté d'elle. Lorsque l'hôtesse vint voir s'ils désiraient quelque chose, il demanda :

— Pouvons-nous avoir du champagne ?

— Tout de suite.

— Du champagne ? s'étonna Gisella.

Était-ce une habitude pour lui ou bien avait-il quelque chose à célébrer ? Elle le connaissait si peu…

— En quel honneur ? ajouta-t-elle.

— Il me semble que nous avons quelque chose à célébrer.

— Quoi donc ?

— Je suppose que nos fiançailles vont être annoncées pendant les fêtes ? Tu es toujours d'accord, n'est-ce pas ?

Considérait-il ça comme une demande en mariage ? Si oui, c'était consternant. Et ça semblait confirmer qu'il était aussi peu enthousiaste qu'elle. Avec raison. Ce mariage était une aberration. Elle n'avait pas besoin de l'épouser pour régner sur Rydiania. En fait, elle n'avait pas besoin de lui du tout.

— Matis, as-tu envie que nous nous mariions ?

— C'est ce que veulent nos parents.

— Je ne te parle pas de nos parents. Je te demande ce que toi tu veux.

Avant qu'il ait le temps de répondre, l'hôtesse revint avec le champagne. Ils prirent chacun une flûte, mais ils ne burent pas. Un silence tendu s'installait, comme si Matis se demandait ce qu'il devait dire. De son côté, elle était partagée entre le désir de ne pas décevoir sa famille et la certitude que pour être une reine digne de ce nom elle devait avoir le courage de prendre ses propres décisions, même si elles déplaisaient aux autres.

— Je déduis de ton silence que ce mariage ne t'enthousiasme pas. C'est juste ?

Il approuva d'un hochement de tête.

— Moi non plus, poursuivit-elle. Je sais que la vie n'est pas facile, et que pour qu'elle soit plus douce il faut la partager avec quelqu'un qu'on a envie de retrouver à la fin de la journée.

— Et ce quelqu'un ce n'est pas moi ?

Elle hésita à peine avant de répondre avec franchise.

— Non.

Le visage de Matis n'exprima aucune émotion.

— Donc, le mariage est annulé ?

— Oui.

Il leva sa flûte et sourit enfin.

— À l'avenir.

Elle leva la sienne.

— À l'avenir.

Ils trinquèrent avant de boire. Elle ignorait ce que lui réservait l'avenir sur le plan sentimental, mais elle savait qu'elle ne pouvait pas se résoudre à un mariage sans amour.

16

C'était la première fois de sa vie qu'il avait ce problème. Il ne parvenait pas à se concentrer sur son travail. La fusion démarrait, il réalisait son projet le plus ambitieux, mais il était d'une humeur exécrable. Son assistante, d'ordinaire charmante, ne masquait pas sa réprobation. Silas passa les doigts dans ses cheveux avec un soupir de frustration. Pourquoi s'était-il attaché à ce point à Gisella ? Cela ne lui était jamais arrivé. C'était le lendemain du gala, le jour où Gisella repartait à Rydiania, et il était à cran. Quand sa mère lui téléphona et mentionna qu'elle avait besoin de quelque chose à l'épicerie, il saisit ce prétexte pour quitter son bureau. Quand il arriva chez elle une heure plus tard, elle resta interdite.

— Silas, que fais-tu ici ?

— Tu ne m'as pas dit que tu avais besoin de courses ?

— Si. Mais je ne m'attendais pas à ce que tu laisses tout tomber pour les faire !

Il haussa les épaules.

— J'avais le temps.

Elle l'emmena dans la cuisine, où elle rangea les provisions avant de servir deux tasses de café. En s'asseyant à table avec lui, elle demanda :

— Qu'est-ce qui perturbe ?

— Rien.

— Oh ! Silas, tu ne t'imagines tout de même pas que je vais te croire ? C'est le départ de Gisella, n'est-ce pas ?

Il soupira.

— Elle est partie parce qu'elle a un pays à diriger.

— Ça doit être une responsabilité écrasante.

Il resta silencieux, les yeux fixés sur son café. Que faisait Gisella en ce moment ? Pensait-elle à lui ? Sans doute pas. Ils ne s'étaient pas quittés dans les meilleurs termes. C'était sa faute.

— Silas, ton café va être froid. As-tu l'intention de parler ? Ou bien vas-tu te contenter de faire la tête ?

— Je ne fais pas la tête.

— Tu penses à Gisella, n'est-ce pas ?

— Non.

— J'ai suffisamment d'expérience pour reconnaître quelqu'un qui a le cœur brisé.

— Je n'ai pas le cœur brisé.

— Vous êtes devenus très proches pendant son séjour, non ? Vous sembliez inséparables.

— Elle avait besoin de quelqu'un pour lui faire visiter la ville.

— Et personne d'autre que toi n'était disponible ?

À quoi bon répondre ? De toute façon, sa mère suivrait son idée.

— Silas, je vais te dire quelque chose que tu n'es peut-être encore pas prêt à t'avouer. Tu es amoureux d'elle.

— Non !

Il se leva et se mit à arpenter la cuisine.

— Tu te trompes. Nous étions amis. Rien de plus.

— Et je pense qu'elle est amoureuse de toi, poursuivit sa mère, imperturbable.

— Pourquoi fais-tu ça ?

— Parce qu'il faut bien que quelqu'un t'ouvre les yeux. Un amour comme le vôtre, ça ne se rencontre pas souvent... et parfois même jamais. Si tu laisses passer cette chance, tu le regretteras.

— Si Gisella était amoureuse de moi, elle ne serait pas partie.

— Je pense que tu l'as poussée à partir.

— Pourquoi dis-tu ça ?

— Parce que c'est ce que tu fais à chaque fois que quelqu'un s'attache à toi. Et je sais que ton père y est pour quelque chose. Il était trop dur avec toi. Je le lui ai souvent dit, mais il ne m'écoutait pas. Il n'écoutait jamais personne. J'espère que tu n'es pas aussi buté que lui et que tu vas m'écouter. Il faut que tu ailles voir Gisella pour lui dire ce que tu ressens.

— Je ne peux pas. Je n'ai pas de place dans son monde. Je ne suis pas de sang royal.

Sa mère se leva et s'approcha de lui.

— Le grand amour franchit les obstacles.

Il eut un pincement au cœur. Sa raison lui disait qu'elle avait tort, mais tout au fond de lui il avait envie de la croire. Que risquerait-il à aller voir Gisella ? Il pourrait lui offrir son cadeau…

— Merci, maman.

Il embrassa sa mère avant de se diriger vers la sortie.

— Tu vas à Rydiania ?

— Oui. J'ai juste une course à faire avant, dit-il en se retournant.

Un large sourire éclaira le visage de sa mère.

— Bravo. Va chercher la femme que tu aimes.

C'était bien son intention. Dès qu'il lui aurait acheté un cadeau de plus, il partirait pour Rydiania. Il savait qu'obtenir la main de Gisella ne serait pas facile. En fait, c'était sans doute impossible. Mais il ne renoncerait pas. Les missions impossibles le stimulaient. Et celle-ci était la plus importante de sa vie.

Il lui manquait. Son sourire lui manquait. Son rire lui manquait.

Le soir de son retour à Rydiania, Gisella regardait par la fenêtre le ciel neigeux. Que faisait Silas en ce moment ? Elle avait envie de lui téléphoner pour lui dire qu'elle avait annulé le mariage arrangé avec Matis. Ses parents avaient été furieux, mais elle leur avait expliqué que Matis non plus ne voulait pas de ce mariage. Ça ne leur avait pas rendu leur bonne humeur, mais au moins ils avaient arrêté de la harceler pour qu'elle revienne sur sa décision. Dire que le retour au palais avait été stressant serait un euphémisme. Seul point positif, elle n'avait plus l'impression que quelqu'un épiait chacun de ses gestes. Et, heureusement, les médias ne parlaient pas d'elle et de Silas. En revanche, suite au communiqué officiel émis par le palais, l'annulation de son mariage avec Matis faisait les gros titres. Ce qui était parfaitement légitime. Gisella était dans son bureau, mais elle ne travaillait pas beaucoup. À chaque fois qu'elle tentait de lire un mail, elle était distraite par le souvenir de Silas. Il lui manquait tellement... Elle avait même téléphoné à son bureau sous prétexte de vérifier que le problème des quelques plats cassés pendant le service avait été réglé. À sa grande déception, il n'était pas là. Elle avait juste parlé à son assistante, qui avait été très aimable mais pas du tout bavarde. Pour tenter d'avoir des nouvelles de Silas, elle avait demandé d'un ton léger si la fusion avançait. L'assistante lui avait confirmé sobrement que celle-ci était en cours.

Gisella réprima un soupir. Elle se réjouissait pour Silas, bien sûr. Il tenait beaucoup à cette fusion, très importante pour l'essor de sa société. Ils avaient l'un et l'autre un avenir brillant devant eux. Dommage que ce soit sur des continents différents... On frappa à la porte, et une secrétaire adjointe annonça que sa sœur souhaitait la voir. Gisella fut heureuse de cette diversion. Cecelia et son mari venaient d'arriver du sud de la France pour les fêtes. À Noël toute la famille serait réunie. Au moins une bonne nouvelle !

Cecilia marchait un peu comme un canard, et son visage rayonnait de joie. Connaîtrait-elle un jour ce genre de bonheur ? se demanda Gisella. À présent qu'elle avait annulé le mariage avec Matis, ses chances de devenir mère dans un avenir proche s'étaient considérablement réduites. Mais elle ne regrettait rien, bien sûr. Cecelia était dans son septième mois de grossesse et ça se voyait. La main posée sur son ventre, elle s'assit avec précaution dans le fauteuil qui faisait face au bureau tout en scrutant le visage de sa sœur.

— Ah... ça va mieux. Je pense que je vais mettre au monde un petit footballeur. Il passe son temps à donner des coups de pied.

Gisella sourit. Elle pouvait toujours compter sur sa plus jeune sœur pour lui changer les idées.

— C'est bien, il s'entraîne. À sa naissance il sera prêt à entrer dans un club de foot.

— Tu plaisantes, mais tu n'es pas si loin de la vérité ! On dirait qu'il s'entraîne pour la Coupe du monde ! Et la nuit il est encore plus énergique que le jour...

Cecelia eut un sourire radieux.

— C'est fantastique, je n'ai pas eu besoin de lire un seul guide de grossesse parce que Antoine les a tous dévorés. Il ne se lasse pas de me donner des informations !

— C'est un père impliqué, on dirait.

— Il est impressionnant. Aujourd'hui il m'a appris qu'au septième mois, le bébé est de la taille d'une aubergine. Ou d'une courge musquée, je ne sais plus. Tu te rends compte ?

Devant le sourire émerveillé de sa sœur, Gisella pouffa.

— Ça fait plaisir de savoir que vous êtes aussi heureux tous les deux.

— Assez parlé de moi. Comment ça va, toi ? J'ai regardé

e gala et la remise des prix. Félicitations. C'était une grande éussite.

— Oui, tout s'est bien passé. Mais pour être honnête, je ı'aurais pas pu m'en sortir sans Silas. Il a été fantastique.

Cecelia plissa les yeux.

— C'est pour ça que tu as annulé les fiançailles ?

— Pardon ? Non, pas du tout ! Matis et moi nous les avons ınnulées d'un commun accord. Aucun des deux n'avait envie l'épouser l'autre.

— Et toi, tu es amoureuse de Silas.

— Pas du tout !

— J'ai vu les photos de vous deux au théâtre. Tu étais ayonnante. Je ne t'avais jamais vue comme ça. Allez, avoue ue c'est pour ça que tu as annulé le mariage.

— Non. J'ai juste pris conscience que je ne pourrais pas ›asser ma vie avec quelqu'un que je n'aime pas.

— Et si tu devais te marier avec Silas, réagirais-tu difféemment ?

Oui ! *Cent fois oui* ! Du calme, se morigéna aussitôt Gisella.

— La question ne se pose pas. Souviens-toi que la Charte du oyaume impose à l'héritier ou l'héritière du trône d'épouser uelqu'un de sang royal.

— On dirait que tu as bien étudié le problème.

Gisella haussa les épaules.

— Comme je l'ai dit, la question ne se pose pas.

— Je pense que toute la question est là, au contraire. Tu es moureuse de lui et tu trouves des tas de raisons de réprimer es sentiments. Si tu l'aimes, pourquoi ne te bats-tu pas pour ›ouvoir passer ta vie avec lui ?

Gisella déglutit péniblement.

— Ce n'est pas prévu. Silas a tourné la page. Je viens l'apprendre que la fusion qu'il préparait depuis des mois est

en train de se mettre en place. C'est un projet auquel il tien
plus que tout.

— Comment le sais-tu ?

— Il me l'a dit.

Cecelia resta silencieuse un moment avant de déclarer :

— Admettons. Mais même si tu n'épouses pas Silas, il fau te battre pour le droit de choisir ton futur mari. Personne n devrait se voir imposer un mariage sans amour.

— Je suis bien d'accord ! Mais comment pourrais-je contre venir à la Charte du royaume ? C'est à cause d'elle que notr frère a renoncé au trône.

Cecelia considéra Gisella d'un air songeur.

— Ça ne m'étonnerait pas que tu trouves une solution. J ne t'ai jamais vue renoncer à ce qui te tient à cœur. Pourquo renoncerais-tu à Silas ? Écoute ta petite voix intérieure. T trouveras un moyen d'atteindre ton objectif.

Elle se leva.

— Il faut que j'aille voir si Antoine s'est installé dans notr suite. Et toi, il me semble que tu as du pain sur la planche.

Quand Cecelia eut quitté la pièce, Gisella secoua lentement l tête. Elle n'arrivait pas à croire qu'elle envisageait de suivre le conseils de sa sœur, qui avait toujours été considérée comm l'enfant terrible de la famille. C'était le monde à l'envers ! Ell prit son téléphone et afficha une photo d'elle avec Silas e haut de l'Empire State Building. Quelle soirée merveilleus ils avaient passée ! Oui, elle l'aimait. Impossible de le nie plus longtemps. Et elle savait ce qu'elle devait faire ! Elle s leva et se rendit à la bibliothèque. Tout au long de l'anné elle avait eu des cours particuliers sur le fonctionnement de institutions du royaume, et son professeur avait consacr plusieurs séances à une analyse approfondie de la Charte. Dan celle-ci étaient stipulées les modalités de modification de se clauses. La démarche serait compliquée mais pas impossibl

Il fallait juste qu'elle vérifie un point ou deux. Quelques heures plus tard, Gisella quittait la bibliothèque en possession des éléments dont elle avait besoin. Elle traversa le grand hall en direction du bureau du roi. Arrivée à destination, elle ouvrit la lourde porte de chêne et pénétra dans la réception, où le secrétaire privé du roi travaillait tard chaque jour. Cet homme chauve aux lunettes cerclées de métal se leva de son bureau et s'inclina devant elle.

— Votre Altesse Royale, comment puis-je vous aider ?

— J'ai besoin de parler au roi.

— Je vais vous annoncer.

Il disparut dans le bureau du roi et en ressortit presque aussitôt.

— Le roi est prêt à vous recevoir.

— Merci.

Dans le bureau, Gisella trouva également sa mère, debout à côté de son père assis à son bureau.

— Assieds-toi, dit le roi en la regardant d'un air interrogateur.

— Je préfère rester debout.

— Que se passe-t-il ? demanda la reine.

Gisella prit une profonde inspiration. Elle n'avait jamais fait preuve d'une telle audace mais, si elle voulait avoir de l'autorité une fois reine, elle devait apprendre à être très directe quand c'était nécessaire.

— Je voudrais vous parler de la Charte du royaume.

Son père arqua les sourcils.

— À quel propos ?

Sa mère avait l'air aussi perplexe que lui, mais elle resta silencieuse.

— J'estime qu'il est temps d'y apporter une modification.

— C'est exclu, déclara son père sans attendre de savoir de quelle modification elle parlait.

— Gisella, comment peux-tu suggérer une telle aberration ?

s'exclama sa mère. La Charte est inaltérable. C'est le fondement de notre royaume.

— Les temps ont changé depuis sa rédaction il y a trois siècles. Le monde a évolué.

— Que t'arrive-t-il ? demanda le roi. Je ne t'ai jamais entendue parler comme ça.

La reine pinça les lèvres.

— Je t'avais dit que ce séjour prolongé aux États-Unis n'était pas une bonne idée.

— Écoutez-moi, s'il vous plaît, reprit Gisella avec frustration. Vous ne savez même pas de quelle modification je parle.

— Bien sûr que si, rétorqua sa mère. Tu veux supprimer la clause qui t'oblige à épouser un homme de sang royal.

Gisella s'efforça de ne pas trahir sa stupéfaction. Elle savait que sa mère était perspicace, mais elle ne se doutait pas que c'était à ce point ! Elle releva le menton.

— En effet.

— Si c'était possible, ton frère l'aurait fait, objecta le roi.

— Je ne pense pas que mon frère l'ait envisagé.

— Si, répondit le roi. Et je lui ai dit la même chose qu'à toi. C'est impossible.

Eh bien, elle pouvait être reconnaissante à son professeur. Les longues heures passées à étudier toutes les subtilités de la Charte portaient leurs fruits avant même son accession au trône. Gisella décrivit à ses parents les conditions requises pour la modification de la Charte, ainsi que le processus à suivre. Ils semblèrent impressionnés par les connaissances qu'elle avait acquises auprès du juriste de quatre-vingts ans, pédagogue autant qu'érudit, qui lui avait instillé son savoir jour après jour. Il était vrai qu'elle avait été une élève particulièrement studieuse.

— En résumé, il faut que la modification soit approuvée

à l'unanimité par le Conseil de la Couronne et par le roi, conclut-elle.

— Je te répète que c'est exclu, déclara le roi. Les traditions doivent être respectées.

— Je refuse de respecter une tradition qui m'interdit de choisir mon futur mari. Par conséquent, soit la Charte est modifiée, soit je renonce au trône.

Ses parents laissèrent échapper en chœur la même exclamation horrifiée. Tant pis. Elle était très sérieuse et elle ne reviendrait pas sur sa décision. Avant qu'ils aient le temps de développer leurs objections, Gisella tourna les talons et quitta le bureau. Elle ignorait si son plan allait aboutir. Obtenir un vote unanime s'annonçait difficile, mais pas impossible. C'était sa seule chance de trouver le bonheur tout en étant reine. Elle pensa à Silas. Si seulement ils ne vivaient pas aussi loin l'un de l'autre... Elle ne pouvait pas lui demander de renoncer à sa société, pas plus qu'il ne pouvait lui demander de renoncer au trône. D'ailleurs y renoncerait-elle vraiment si la Charte n'était pas modifiée ? Pour être honnête, elle n'avait pas la réponse.

17

C'était la veille de Noël. Pendant tout le vol, Silas n'avait pas cessé de penser à Gisella. Jamais il n'avait vécu des moments aussi intenses que ceux qu'ils avaient partagés. Et il savait que c'était réciproque. Son sourire, son regard, son empressement à le rejoindre en cachette le lui avaient prouvé. Mais serait-ce suffisant pour qu'elle tourne le dos à sa famille, à son pays et à son destin ? Bien sûr, il comprenait ce que la Couronne représentait pour elle, mais la relation qu'ils avaient nouée était exceptionnelle. Il en avait la certitude. Il paraissait très peu probable qu'il puisse revivre ça un jour avec quelqu'un d'autre. S'il ne tentait pas sa chance, il le regretterait jusqu'à la fin de sa vie. Il tâta dans sa poche les deux cadeaux de Noël qu'il avait achetés pour Gisella. Il fallait espérer qu'ils l'aideraient à gagner son cœur.

Le jet de Silas atterrit sous un ciel étoilé. La voiture qu'il avait réservée l'attendait sur le tarmac.

— Où allons-nous ? demanda le chauffeur.

— Au palais.

— Au palais ? Vous avez une invitation ?

— Non.

— Monsieur, les touristes n'ont pas accès au palais, surtout à cette heure.

— Ne vous inquiétez pas. Déposez-moi devant et je me chargerai du reste.

Le chauffeur lui lança un regard effaré, mais il ne discuta pas et démarra. Le soleil s'était couché depuis longtemps, mais entre les étoiles, la pleine lune et la couche de neige fraîche qui blanchissait le sol, la nuit était lumineuse. Au bout de quelques kilomètres, ils quittèrent la nationale pour une route qui traversait une petite ville pittoresque aux rues bordées de boutiques et de restaurants. À l'orée de la ville, ils longèrent un parc, puis la voiture s'arrêta devant une imposante grille en fer forgé, flanquée de deux guérites abritant des gardes en uniforme pourpre et chapeau noir.

— J'espère que vous savez ce que vous faites, dit le chauffeur.

— Moi aussi, marmonna Silas.

Il baissa sa vitre pour s'adresser à un des gardes.

— Je viens voir la princesse Gisella.

— Elle vous attend ?

— Non. Mais si vous lui dites que Silas est là, je suis certain qu'elle acceptera de me recevoir.

— La famille royale ne reçoit pas les visiteurs qui arrivent à l'improviste, monsieur. Veuillez téléphoner pour prendre rendez-vous.

Il n'était pas venu jusqu'ici pour se faire refouler à la grille !

— Appelez-la.

— Non, monsieur. Ne restez pas là, s'il vous plaît.

Le chauffeur passa en marche arrière.

— Attendez, demanda Silas. Je vais arranger ça.

Il fit quelque chose qu'il mourait d'envie de faire depuis que Gisella avait quitté New York. Il prit son téléphone et il composa son numéro. Première sonnerie. Deuxième. Troisième. À la cinquième, la boîte vocale se déclencha. Il coupa la communication, l'estomac noué. Ce n'était pas possible. Était-il vraiment venu jusqu'ici pour rien ? Il y avait forcément un moyen de… Son téléphone sonna. Gisella ! Le cœur battant à tout rompre, il prit l'appel.

— Bonjour, Gisella.

— Silas ?

— Oui, c'est moi.

— Quelle surprise ! Ça fait plaisir d'entendre ta voix. Tu sembles tout proche.

— C'est peut-être parce que je suis à la grille du palais.

— Quoi ?

La voix de Gisella monta dans les aigus.

— Tu es ici ? À Rydiania ?

Il sourit.

— Oui.

— C'est bien vrai ?

— Si tu voulais bien dire au garde de me laisser entrer, tu pourrais le vérifier par toi-même.

— Bien sûr.

— Gisella ?

Silence.

— Gisella, tu es là ?

La communication s'interrompit. Un téléphone sonna dans une des guérites. Le garde plissa le front et alla répondre. La conversation fut très courte. Après avoir raccroché, il échangea quelques mots avec deux autres gardes, qui ouvrirent les deux battants de la grille.

— On peut dire que vous avez des relations, commenta le chauffeur, visiblement très impressionné.

La voiture remonta lentement l'allée pavée. Le clair de lune faisait scintiller la couche de neige fraîche comme si c'était un champ de minuscules diamants. Silas contemplait ce spectacle sans vraiment le voir. Son cœur tambourinait dans sa poitrine. Dans quelques minutes il allait revoir Gisella… Sa joie se mêla d'inquiétude. Pourvu qu'elle partage ses sentiments ! Et si c'était le cas, quelle solution allaient-ils trouver ? Était-elle prête à renoncer au trône par amour ? Il ne connaissait pas la réponse à cette question. Mais il savait qu'il ne pouvait pas rentrer à New York sans avoir tout essayé. Au bout de l'allée le palais apparut, vivement éclairé pour des raisons de sécurité. Bâti en pierres grises, il était flanqué de quatre tourelles rondes qui s'élevaient haut vers le ciel, ajoutant à sa majesté. Au-dessus de l'entrée principale, un grand drapeau pourpre et noir flottait dans la brise. La voiture s'arrêta, et la portière de Silas fut ouverte par un majordome. Ou un valet ? Quel que soit son titre, il était vêtu d'un costume noir et blanc, et arborait un air très sérieux. Silas inspira profondément. Il avait une chance et une seule de convaincre Gisella que leur relation était trop précieuse pour qu'ils y renoncent. Il suivit le valet, qui le conduisit dans le grand hall du palais.

— Attendez ici, je vous prie, dit-il avant de s'éloigner.

Une fois seul, Silas promena son regard autour de lui. Le décor avait beau être somptueux, ce qui attira d'abord son regard ce fut l'arbre de Noël qui se dressait sous la coupole et dont la cime atteignait le niveau du deuxième étage. Gisella n'avait pas exagéré. Il était immense. À côté, celui de son penthouse paraîtrait minuscule. Un bruit de pas résonna sur le sol de marbre. Le valet revenait, suivi d'un couple d'un certain âge. Mais où était Gisella ? Une bouffée d'angoisse assaillit Silas. Avait-elle changé d'avis ? Ne voulait-elle plus le voir ? Non, impossible. Elle était trop joyeuse au téléphone. Il y avait autre chose...

— Je vous présente Leurs Majestés, le roi et la reine.

Le valet s'inclina, puis il quitta le hall.

Silas inclina le buste sous le regard scrutateur des parents de Gisella. Que dictait le protocole ? Devait-il parler le premier ? Attendre qu'ils prennent l'initiative ? Dans le doute, mieux valait attendre.

— Je suppose que nous vous devons des remerciements pour votre collaboration à l'organisation du gala, finit par déclarer le roi.

— C'était un grand plaisir de travailler avec votre fille.

— Vous voulez dire la princesse Gisella, rectifia la reine.

— Oui…, la princesse Gisella. Elle est très talentueuse.

— Et qu'est-ce qui vous amène ici la veille de Noël ? demanda le roi.

Que répondre ? Il ne s'attendait pas à être interrogé par les parents de Gisella…

— Je n'ai pas pu donner à Gi… à la princesse Gisella son cadeau de Noël.

Un nouveau silence suivit cette réponse.

— Vous tenez à la princesse, finit par dire le roi.

Était-ce une affirmation ou une question ? De toute façon, il ne pouvait que confirmer l'impression du roi.

— Oui, Votre Majesté.

— Vous êtes conscient qu'elle est sur le point de devenir reine ?

— Oui, bien sûr.

— Et quelles sont vos intentions en ce qui la concerne ?

Le cœur battant et les mains moites, Silas soutint le regard perçant du roi.

— Je ne sais pas, Votre Majesté. Ça dépend de Gi… de la princesse.

— Quelqu'un m'a appelée ?

Tout le monde se tourna vers l'escalier à mi-hauteur duquel se tenait Gisella, vêtue d'une robe rose pâle au-dessus du genou, dont le corsage était parsemé de paillettes qui scintillaient dans la lumière. Un sourire radieux illuminait son visage.

Le cœur battant à grands coups, Silas déglutit péniblement tandis qu'elle descendait les dernières marches. Pourvu qu'elle accepte son cadeau ! Mais il ne fallait pas se précipiter. Il ne pouvait pas se permettre le moindre faux pas.

18

Dans son costume bleu, il était plus sexy que jamais. Le cœur battant, Gisella ne parvenait pas à détacher ses yeux de Silas. Lorsqu'elle arriva devant lui, elle dut réprimer l'envie de lui sauter au cou. Elle ignorait la raison de sa présence au palais la veille de Noël. Et même s'il tenait à elle, comme elle le soupçonnait, elle restait la princesse héritière. Elle avait beau tenter d'envisager de renoncer au trône et de quitter le royaume, elle ne pourrait jamais s'y résoudre. Même si elle ne devait jamais se marier. Gouverner son pays était aussi vital pour elle que développer sa société l'était pour Silas. Serait-il capable de renoncer à sa vie à New York pour s'installer à Rydiania ? Elle ne le pensait pas. Mais elle allait trop vite. Avant tout, il fallait qu'elle connaisse le but de sa visite.

— Bonjour, Silas.

Il inclina la tête.

— Votre Altesse.

— Silas, arrête ! Tu n'es pas obligé de respecter le protocole quand nous sommes en tête à tête.

Il se retourna.

— Si tu cherches mes parents, ils se sont éclipsés.

Il se détendit visiblement, et un sourire éclaira son visage.

— Tu es belle.

— Merci. Toi-même tu es très séduisant.

Elle joignit les mains pour s'empêcher de le toucher.

— Et merci pour le gala. Sa réussite nous a permis de gagner de nombreux nouveaux sponsors pour l'année prochaine. Quant au budget de la recherche consacré à la préservation des abeilles, il va doubler. Et pour toi, comment ça s'est passé ? Le dirigeant de la société californienne était satisfait ?

— Oui. Il a apprécié le gala et il a été très impressionné par toi.

— Alors la fusion est en cours ?

— Oui. Je tiens à te remercier pour ton aide.

— Je n'ai rien à y voir. C'est toi qui as tout fait.

— Tu as impressionné M. Carr, ce qui a créé un climat favorable pour la conclusion de l'accord. Mais je ne suis pas venu ici pour te parler de la fusion.

Elle sentit son cœur s'affoler.

— Pourquoi es-tu venu ?

— Je voulais te présenter mes excuses pour mon attitude au gala. Je n'aurais pas dû te repousser.

— Excuses acceptées, répliqua-t-elle, à la fois surprise et touchée.

Était-ce la seule raison de sa visite ? Pourvu que non... Alors que le silence s'installait, elle sentit son cœur se serrer.

— Tu m'as manqué, finit-il par dire d'une voix douce.

— Tu m'as manqué aussi. J'ai appelé ton bureau l'autre jour, mais tu n'étais pas là.

— Pourquoi ne m'as-tu pas appelé sur mon portable ?

Elle haussa les épaules.

— Je n'étais pas sûre que tu aurais envie de me parler.

— Alors pourquoi as-tu appelé au bureau ?

— Oh ! c'était juste pour vérifier un problème mineur concernant le gala.

Non, elle ne pouvait pas se contenter de cette réponse.

Si elle n'était pas honnête avec lui, comment pourrait-elle espérer qu'il soit honnête avec elle ?

— En réalité, c'était un prétexte. J'avais envie de te parler.

— Alors pourquoi ne m'as-tu pas appelé sur mon portable ?

— Après la façon dont nous nous étions quittés au gala, je... je n'ai pas osé.

Il se rapprocha d'elle.

— Gisella, je suis vraiment navré. Je ne voulais pas te déstabiliser. Mais te voir avec cet homme..., je crois que j'étais un peu jaloux.

Elle eut un sourire ravi.

— Vraiment ?

— Oui. Pourquoi cet air satisfait ?

— Parce que ça m'autorise à faire ça.

Elle se hissa sur la pointe des pieds et déposa un baiser sur ses lèvres. Oh ! comme il lui avait manqué ! Il referma les bras sur elle et l'attira contre lui en l'embrassant avec fougue. Elle ne voulait plus jamais être séparée de lui ! Il était son meilleur ami, son amant, son amour... Si c'était un rêve, elle ne voulait plus jamais se réveiller. Mais tout à coup il s'arracha à ses lèvres.

— Que se passe-t-il ? demanda-t-elle avec confusion.

Il détourna les yeux.

— Je ne devrais pas t'embrasser.

— Pourquoi ?

— Tu le sais bien.

Il soupira.

— Je n'arrive pas à croire que je suis obligé de le préciser... Tu es censée épouser cet homme, tu te souviens ?

— Il s'appelle Matis. Et tu n'as pas à t'inquiéter à cause de lui.

— Je suis sûr qu'il n'approuverait pas ça.

Elle ne put s'empêcher de sourire.

— Je ne pense pas que nous voir nous embrasser le perturberait.

— Je sais bien que c'est un mariage arrangé, mais ne prends-tu la chose un peu trop à la légère ?

Gisella laissa échapper un petit rire malicieux.

— Je ne crois pas, non. Matis et moi, nous avons annulé le mariage.

— Vraiment ?

— Oui. Après mon séjour à New York, j'ai pris conscience que je ne pouvais pas me marier avec un homme que je n'aimais pas.

Il y eut un silence.

— Tu en as pris conscience à cause des moments que nous avons passés ensemble ? finit par demander Silas.

— Oui. J'ai pris conscience de beaucoup de choses pendant mon séjour à New York.

Il esquissa un sourire.

— Quoi par exemple ?

— Que la vie est plus légère en compagnie de quelqu'un avec qui on se sent merveilleusement bien.

Le sourire de Silas s'élargit.

— Tu penses ?

— Oui. Et aussi que la vie est trop longue pour la passer avec quelqu'un qu'on n'aime pas.

— Autre chose ?

— Que si je me marie, je veux que ce soit avec quelqu'un qui est à la fois mon meilleur ami et mon grand amour.

— Tu es drôlement exigeante.

— Peut-être. Tu crois que j'arriverai à trouver quelqu'un comme ça ?

— Pourquoi ? Tu cherches ?

— Tu es candidat ?

Il l'attira contre lui.

— Je ne me suis jamais senti aussi bien avec quelqu'un. Je t'aime, dit-il en plongeant son regard dans le sien.

— Je t'aime aussi.

Ils s'embrassèrent avec ferveur, puis Silas demanda :

— Mais comment allons-nous faire ? Je n'ai pas une seule goutte de sang royal.

Elle sourit.

— Eh bien, figure-toi que je me suis mise au travail dès mon retour et que la Charte du royaume a été modifiée.

— Ce qui signifie... ?

— La clause m'imposant d'épouser un homme de sang royal a été abrogée par décret.

Elle posa les mains sur le torse de Silas.

— Mais je sais que je ne peux pas te demander de renoncer à ta société. Je sais ce qu'elle représente pour toi. J'attache la même importance à mes responsabilités envers le royaume.

— Justement, j'ai beaucoup réfléchi après ton départ.

Elle retint son souffle.

— Et ?

Il sortit deux petits paquets de ses poches.

— Choisis-en un

Elle désigna sa main droite. Il lui donna le paquet et elle l'ouvrit. Il contenait une minuscule réplique de l'Empire State Building.

— Oh ! Silas ! Comment sais-tu que je pense très souvent aux moments que nous y avons passés ?

— Je ne le savais pas, mais j'espérais que cette soirée t'avait laissé un souvenir aussi extraordinaire qu'à moi.

— Oh ! j'adore ce cadeau ! Merci d'être aussi attentionné.

— Et maintenant, ton autre cadeau.

Elle déchira le papier avec des doigts tremblants, et son cœur fit un bond dans sa poitrine. Un écrin ? Une bague ? Non... ça ne pouvait pas être ça. Un bracelet, peut-être... Il lui prit l'écrin des mains, l'entraîna devant l'arbre de Noël et mit un genou à terre. Elle pressa une main tremblante contre sa bouche en refoulant des larmes de bonheur. Il plongea son regard dans le sien.

— Gisella, tu m'as impressionnée dès notre première visioconférence. Et quand je t'ai rencontrée pour la première fois, j'ai éprouvé une émotion que je n'aurais jamais crue possible. Même si ce jour-là tu étais assez remontée contre moi...

— Comment aurais-je pu deviner que tu étais en retard parce que tu venais d'accomplir un acte héroïque ? commenta-t-elle en souriant.

— Merci de m'avoir accordé une seconde chance. Tu m'as fait comprendre que personne n'est parfait mais qu'il n'est pas nécessaire de l'être pour être aimé ni pour aimer. Gisella, je ne peux pas imaginer de vivre sans toi. Veux-tu m'épouser ?

Elle retint de justesse le « oui » qui ne demandait qu'à lui échapper. Ce n'était pas si simple. Ce mariage changerait tout. Elle devait s'assurer que Silas savait à quoi s'attendre.

— Comment allons-nous nous organiser ?

Il se releva, le visage soudain grave.

— Tu dis non ?

Elle secoua la tête.

— Je me demande juste comment nous allons faire pour que notre mariage existe. Je ne peux pas quitter Rydiania. Devenir reine n'est pas seulement mon destin, c'est ma vocation. Or la société que tu as créée est à New York, bientôt à Los Angeles. Quand allons-nous réussir à nous voir ?

— J'y ai réfléchi dans l'avion. Je pense que Rydiania a besoin d'une agence de communication d'envergure internationale. Qu'en dis-tu ?

— Oh ! Silas, ce serait fantastique ! Et je suis certaine que le palais fera souvent appel à ses services. Mais tu es sûr de vouloir t'installer ici ? Tu vas vendre ta société américaine ?

— Non. Je vais continuer à la développer. Bien sûr, il faudra que je nomme un responsable pour chaque bureau, mais je ne vois pas pourquoi je ne pourrais pas déménager le siège à Rydiania.

Les larmes qui brouillaient la vue de Gisella depuis plusieurs minutes ruisselèrent sur ses joues. Il avait réfléchi à tout, et sa détermination était flagrante. Jamais elle n'aurait imaginé pouvoir être aussi heureuse !

— Silas, fais de nouveau ta demande, s'il te plaît.

Il remit un genou à terre et lui tendit la bague.

— Gisella, mon amour, veux-tu m'épouser ?

— Oui, répondit-elle d'une voix altérée par l'émotion. C'est ce que je souhaite le plus au monde. Je t'aime.

Il lui glissa la bague au doigt, puis elle le hissa sur ses pieds. Ils tombèrent dans les bras l'un de l'autre et s'embrassèrent avec toute la ferveur de leur amour.

Épilogue

Deux ans plus tard, palais de Rydiania

La reine Gisella regardait la neige tomber sur le parc déjà recouvert d'un épais manteau blanc. Heureusement, toute la famille était au palais. Personne n'était sur la route, et elle avait l'esprit serein. Dans ses bras elle tenait un bébé un peu moins serein. Il avait faim et il ne le cachait pas.

— Encore quelques minutes et tu vas avoir un biberon.

L'infante se mit à sucer son minuscule poing, mais Gisella ne se fit pas d'illusions. Le répit serait de courte durée. Il fallait espérer que Silas ne tarderait pas trop. Elle se détourna de la fenêtre et alla s'asseoir dans un fauteuil, à proximité de l'arbre de Noël. Tous les cadeaux avaient été ouverts un peu plus tôt dans la matinée, à l'exception d'un seul, très spécial, qui se trouvait toujours sous le sapin. Gisella s'assit avec précaution afin de ne pas perturber sa fille. Son Altesse Royale la princesse Penelope avait cinq jours, les cheveux bruns de son père et les yeux gris-bleu de sa mère. Du moins pour l'instant. On lui avait dit qu'il fallait attendre quelques mois pour voir s'ils resteraient de cette couleur.

Le prince Markos arrivait d'un pas hésitant. À presque deux ans, son adorable neveu marchait depuis peu, sans être passé par le stade de l'exploration à quatre pattes. Cecelia et Antoine étaient des parents comblés, qui s'épanouissaient dans leur rôle. D'ailleurs, Cecelia était de nouveau enceinte depuis trois mois. Elle n'avait jamais vu sa sœur aussi rayonnante. Tandis que Markos se dirigeait vers son père, l'attention de Gisella se tourna vers son frère Istvan et sa femme, Indigo. C'était le seul couple sans enfants. Elle pensait qu'ils avaient choisi de ne pas en avoir, mais hier soir au dîner ils avaient révélé que le projet était sérieusement à l'étude. Cette nouvelle avait enchanté les parents de Gisella, qui s'étaient métamorphosés en grands-parents gâteaux depuis qu'ils étaient déchargés de leurs responsabilités. Ils adoraient leurs petits-enfants et ne demandaient qu'à en avoir beaucoup d'autres. Son autre sœur, Beatrix, jouait avec sa belle-fille, Evi, qui avait un ours en peluche rose dans les bras. Beatrix et Rez, le duc de Kaspar, s'étaient mariés quelque temps plus tôt au cours d'une cérémonie intime, dans la propriété de Rez. Hier soir au dîner, ils avaient annoncé que Beatrix s'apprêtait à adopter Evi. L'amour de sa sœur pour la petite fille la faisait rayonner. Gisella ne se souvenait pas l'avoir déjà vue aussi heureuse. En fait, son frère, ses deux sœurs et elle étaient aussi amoureux et heureux les uns que les autres.

Penelope recommença à s'agiter. Gisella la posa sur son épaule et lui tapota doucement les fesses dans l'espoir de l'apaiser jusqu'à ce que son père revienne avec son biberon.

— Passez-vous un bon Noël ? demanda sa belle-mère en s'asseyant à côté d'elle.

— Le meilleur de ma vie, répliqua Gisella avec sincérité. Et je suis très heureuse que vous soyez parmi nous.

La mère de Silas avait fini par accepter de venir vivre avec eux. Ce n'était pas la place qui manquait au palais. Même lorsque toute la famille était réunie, il restait de nombreuses chambres disponibles.

— Je n'arrive pas à croire que je vis dans un palais. Mes amies de New York sont très impressionnées, vous savez.

— Surtout, n'hésitez pas à les inviter quand vous voulez.

— Merci.

— Vous n'avez pas à me remercier. Vous êtes ici chez vous. Je sais que Silas est heureux et rassuré de vous avoir près de lui.

— En parlant de mon fils, vous savez où il est allé ?

— À la cuisine, chercher un biberon pour Penelope.

La mère de Silas baissa la voix.

— Vous n'avez pas des gens qui s'occupent de ce genre de choses ?

— Pas aujourd'hui. À Noël nos employés sont en famille.

Les seuls employés présents étaient les membres de l'équipe de sécurité restreinte. Le chef et ses aides avaient tout préparé pour le dîner et laissé des instructions pour réchauffer les plats. À l'instant précis où Penelope se mit à hurler, Silas arriva comme par magie avec un biberon. Quand Penelope commença à boire avec avidité, Gisella se cala dans son fauteuil et la contempla avec émotion. En principe, la reine était censée laisser l'équipe de nurses s'occuper de sa fille pendant la plus grande partie de la journée. C'était ainsi que Gisella avait été élevée, mais elle avait décidé de bousculer cette tradition. Elle avait procédé à une répartition équitable des responsabilités entre les membres de la famille royale, afin que le partage des obligations officielles permette à chacun de consacrer plus de temps à sa propre famille. Il avait été convenu de tenter l'expérience, et au bout de quelques mois tout le monde s'en était déclaré satisfait. Même Cecelia et Antoine avaient décidé de quitter le sud de la France pour Rydiania parce qu'ils voulaient devenir des membres actifs de la famille royale, et qu'ils souhaitaient que leurs enfants grandissent avec leurs cousins.

Gisella se réjouissait secrètement de toutes les bêtises que les cousins ne manqueraient pas de faire ensemble au fil des années. Ils allaient tous s'amuser comme des petits fous. Elle avait hâte de voir ça ! Silas tira un fauteuil pour s'asseoir à côté d'elle.

— Notre fille est belle. Comme sa mère.

— Je trouve qu'elle tient beaucoup de son père également, répliqua Gisella, ravie de voir un sourire ému éclairer le visage de Silas. Au fait, il reste un paquet sous l'arbre. Tu veux bien le prendre ?

Il ramassa un petit paquet enveloppé dans du papier métallisé rouge orné d'un nœud argent.

— Pour qui est-il ? demanda-t-il en se rasseyant. Je ne vois pas de nom dessus.

— Il est pour toi.

— Pour moi ? Mais je n'ai besoin de rien. Avec ma femme et ma fille auprès de moi, j'ai déjà tout ce que je désire.

Elle sourit.

— Ouvre-le.

Il secoua le paquet en tendant l'oreille.

— Une nouvelle cravate ?

— Je ne te dirai rien, alors tu ferais mieux de l'ouvrir.

Il finit par déballer une petite boîte plate, dont il souleva le couvercle. Elle contenait des documents. Il lança à Gisella un regard interrogateur. Elle l'encouragea d'un geste à les déplier et à les lire. Il s'exécuta. C'était son arbre généalogique, qu'elle avait fait réaliser par des spécialistes à partir d'un échantillon d'ADN. Certaines archives ayant été perdues, la tâche avait été ardue, mais ils avaient réussi à remonter assez loin. Au bout d'un moment, Silas laissa échapper une exclamation étouffée.

— Ça signifie que j'ai du sang royal ?

Elle hocha la tête en souriant.

— En remontant à des dizaines de générations, on trouve un roi parmi les ancêtres de ton père. Ce qui fait de toi un prince.

Il secoua la tête d'un air ébahi.

— Je n'en avais aucune idée.

— Moi je le savais.

— Comment ?

— C'est très simple. Depuis le jour où tu m'as invitée à décorer ton arbre de Noël, tu es le prince de mon cœur.

Il se pencha vers elle pour l'embrasser.

— Et toi, tu es la reine de mon cœur. Joyeux Noël.

— Joyeux Noël.

Vous avez aimé ce roman ?
Retrouvez en numérique l'intégrale de votre série
« Princesses de Rydiania » :
1. *Souvenir d'une princesse*
2. *Le retour d'un duc*
3. *Royale tentation*